Impressum

Alle Rechte am Werk liegen beim Autor
J., Jaliah
El Puerto – Der Hafen 4
Die Schatten der Vergangenheit

Berlin, November 2016
Erstauflage
Lektorat: Günter Bast, Theresa, Srwa Latif
Cover/Bildgestaltung: Klaud Design – Marie Wölk
Covermodel: Yves Len Unser
Facebook: Yves-Len Unser, Instagram: yvesunser

© 2016
Herstellung und Verlag: BoD – Books on Demand, Norderstedt.
ISBN 978-3-7412-9100-5

www.jaliahj.de

El Puerto

Der Hafen 4

Die Schatten

der

Vergangenheit

von

Jaliah J.

Los Puentes

Gonzales & Anna   Bruno † & Maria   Rubén & Ama †

Vidal & Elian   Dante & Suela   Dalila, Delicia & Benito

Sergio † & Valentina   Paol †   Nora †

Ponce (CUCA), Piero † & Paolo †   5 Söhne die die Geschäfte
                                      im Ausland leiten

Weitere wichtige Personen

Aaron - Vidals bester Freund
Nacho - Verräter der Cinco Sombras

Cinco Sombras

Ramiro & Leire †   Ramiro & Angelina †   Rehan & Eva †

Alejandro, Santos & Ponce   Belinda   Levi

Raul † & Alicia   Rafael † & Pilar †   Rosa †

Roman & Alena   Adrian †

Weitere wichtige Personen

Suerte - Guter Freund der Familie

Neben Llora por el amor und El Destino ist El Puerto nun meine dritte Buchreihe.

Ich wollte meiner Vorliebe treu bleiben und trotzdem ganz neue Aspekte einfügen:

Mehr Spannung, und vor allem eine Buchreihe, die nicht endet und dann wieder ein paar Monate oder Jahre später fortgeführt wird, sondern eine, die dem Leser in jeder Minute fortwährend den Atem raubt.

Ich freue mich, dass ich so viele von euch für El Puerto begeistern konnte.

'Wenn du Puerto Rico einmal in dein Herz geschlossen hast, wird es dich nie wieder loslassen!'

El Puerto - Der Hafen 1   Ein Neuanfang

El Puerto - Der Hafen 2   Geliebter Feind

El Puerto - Der Hafen 3   Gefährliche Geheimnisse

El Puerto - Der Hafen 4 Die Schatten der Vergangenheit

Belinda hat Bauchschmerzen. Immer wenn sie etwas tun muss, was sie überhaupt nicht möchte, bekommt sie dieses üble Gefühl im Magen. Am liebsten würde sie wieder nach Hause gehen, sich ins Bett legen und die Welt hier draußen ausschalten. Sie sieht hinüber zum anderen Wohnwagen, wo ihre Freundinnen Ashley und Toni warten.

Sie Freundinnen zu nennen wäre sicherlich übertrieben, sie mag Ashley sehr. Toni ist eines der schrecklichsten Mädchen, die sie je getroffen hat, in der achten Klasse hat man entweder Angst vor ihr und ihrer bösen Art, oder man gehört zu dem Kreis, der mit ihr Zeit verbringen darf.

Belinda ist ihr bisher immer sehr erfolgreich aus dem Weg gegangen, was sich aber schnell geändert hat, nachdem sich Tonis Ex-Freund in Belinda verliebt hat. Seitdem sucht Toni ihre Nähe, da sie gleich abgeblockt hat, nun über Ashley, die natürlich sehr glücklich ist, zu Tonis Gunstkreis zu zählen.

Belinda weiß nicht, was Cameron von ihr möchte, sie hat auch nur gehört, dass er sich in sie verliebt haben soll, sie hat nie mehr als drei Worte mit dem beliebten blonden Sportler gewechselt. Eigentlich wirkt er auf sie immer sehr nett, doch ob mehr dahinter steckt, wird sie wohl niemals herausbekommen.

Toni hat Ashley und sie das ganze Wochenende eingewiesen, wie man sich in solch einer Situation zu verhalten hat, nachdem sie Freitag mitbekommen hat, wie Cameron Belinda nach der Schule um ein Treffen hier und jetzt gebeten hat. Belinda geht Menschen wie Toni lieber aus dem Weg, sie hat keine Angst vor ihr und war drauf und dran, Toni auch ganz klar zu sagen, dass sie solche Entscheidungen selbst treffen möchte.

Doch Ashley hat sie angebettelt, die Freundschaft, die sich gerade zwischen allen aufbaut, nicht zu gefährden und im Gegensatz zu Toni ist Ashley ihre Freundin und sie möchte sie nicht verlieren, deswegen steht sie jetzt hier mit den Bauchschmerzen und wünschte, sie wäre woanders.

»Schön, dass du gekommen bist, ich war mir nicht sicher, aber ich habe es gehofft ...« Belinda dreht sich zu Cameron um, der mit einer roten Rose und schick zurechtgemacht hinter ihr steht. Die Bauchschmerzen verwandeln sich in Krämpfe. »Cameron, hi ... ich wollte mit dir sprechen, deswegen bin ich gekommen, es ...« Sie sieht die Enttäuschung in Camerons Gesicht fahren und ihr treten Tränen in die Augen.

Sie kennt ihn kaum, wieso muss sie ihn jetzt so verletzen und von sich stoßen? Doch als sie ein leises Kichern hört, weiß sie wieder warum, sie möchte Ashley nicht verlieren. »Ich bin mit Toni befreundet und ich kann nicht mit dir ausgehen, so etwas tut man nicht, das verstehst du doch, oder?« Wenigstens hat sie andere Worte gewählt als die, die Toni ihr aufgetragen hat, trotzdem sieht sie Cameron an, dass es das nicht besser macht.

»Du bist nicht mit Toni befreundet, sie macht das alles nur extra. Toni hat gar keine richtigen Freunde, sie ist viel zu egoistisch und ich dachte, du wärst eine der wenigen, die das auch so sehen würden, aber da habe ich mich wohl in dir getäuscht.« Sauer wirft er die Rose in den Dreck, dreht sich um und stampft wütend davon. Es ist besser so, soll er wütend sein, alles ist besser als das enttäuschte Gesicht am Anfang.

»Hahahaha, das war großartig, sein Gesicht, schade, dass wir das nicht aufgenommen haben. Was genau hast du zu ihm gesagt? Wir haben nicht alles verstanden.« Toni kommt in den Stöckelschuhen ihrer Mutter angelaufen, sie sind auf dem Rummelplatz, es ist alles schlammig und dreckig, doch das stört Toni überhaupt nicht. Auch Ashley neben ihr hat die Schuhe ihrer älteren Schwester an, in denen sie überhaupt nicht laufen kann, doch das stört offenbar keine der beiden.

Sie sieht Ashleys dankbaren Blick und wendet sich auch ab. »Das ist unwichtig, lasst uns endlich auf den Rummel gehen.« Toni gibt nie Ruhe, die letzten Tage mit ihr waren der absolute Horror, aber wahrscheinlich hat sie das enttäuschte Gesicht von Cameron so positiv gestimmt, dass sie sich bei Ashley und ihr einhakt und sie zum Autoscooter zieht.

Sie fahren Autoscooter, Achterbahn und mit der Wasserbahn, überall grüßt man sie oder geht schnell weg dank Toni, und Belinda fühlt sich immer schlechter. Es wird dunkel und sie sollten sich auf den Weg nach Hause machen, da gehen sie am Zelt einer Zukunftsseherin vorbei und Toni zieht sie hinein.

Belinda bleibt am Eingang stehen, sie glaubt nicht an so etwas und die Vorhersagen für April und Toni bestätigen all das. Sie bekommen erzählt, was jeder gerne hören möchte. Sie leben gut, heiraten, bekommen jeweils zwei und drei Kinder, bla bla bla. Belinda ist schon mit einem Bein draußen, da ruft sie die füllige Frau mit den langen schwarzen Haaren und den bunten Tüchern auf dem Kopf zu sich.

»Komm, bei zwei ist eine Vorhersage gratis, setz dich!« Belinda will dankend ablehnen, da trifft sie wieder Ashleys bittender Blick und sie setzt sich zähneknirschend hin. Sie muss sich dringend mit Ashley unterhalten, so wird sie das nicht mehr lange mitmachen.

Belinda ist so in Gedanken, dass sie gar nicht richtig wahrnimmt, wie die Frau ihre Hand in ihre nimmt und sich eine Weile alles ansieht. »Du wirst ein Leben haben was immer einen Gegenpreis braucht.« Belinda sieht hoch und der Frau direkt in ihre dunkelbraunen Augen.

»Wie? Ich verstehe nicht … was meinen Sie?« Die Frau lächelt mild. »Du … wie soll ich das erklären, wenn du jemanden findest, musst du erst jemand anderen dafür verlieren. Wenn du glücklich sein möchtest, musst du dafür etwas aufgeben.« Belinda sieht die Frau fassungslos an, wie schrecklich. Kann sie ihr nicht auch einfach erzählen, sie heiratet dann und dann und sie bekommt viele Kinder? Toni und Ashley treten zu ihr und sehen ebenso entsetzt zu der Frau. »Wie schrecklich, kann man dagegen gar nichts tun? Haben Sie keinen Zauberspruch oder so etwas?«

Die Frau beginnt schallend zu lachen. »Ich bin keine Hexe, meine Lieben, das Schicksal steht geschrieben, doch man kann darauf Einfluss nehmen, das können wir alle mit unseren Entscheidungen und Taten. Sie muss kämpfen, kämpfen dafür, ihr Glück zu finden und gleichzeitig nicht auf etwas anderes verzichten zu müssen.«

Toni nickt ganz fasziniert, doch Belinda steht sauer auf. Was für ein Scheiß, sie hätte all das gar nicht machen sollen, nichts von alledem, was sie heute getan hat. Sie murmelt ein Danke und dass sie draußen wartet, bevor sie aus dem Zelt stürmt.

Das Schicksal steht geschrieben, sie wird immer die Waage halten müssen zwischen Glück und Unglück? Belinda schnauft leise auf und blickt nach vorn. Niemals! Sie verschränkt wütend die Arme. Sie alleine entscheidet, was später in ihrem Leben passieren wird. Sie blickt über das schwarze leere Feld vor sich.

Kapitel 1

Belinda schaut auf das schwarze Meer. Da sie so früh losgefahren sind, haben sie lange Zeit gar nichts erkennen können. Jedem ist deutlich anzusehen, dass er nervös ist, sie alle haben nur ein paar Dinge dabei, die sie gebrauchen können und blicken zu der Insel, die langsam immer näher kommt.

Irgendwie erinnert sie all das an den Tag, an dem sie mit der Fähre nach Puerto Rico gekommen war, genau wie auch jetzt fuhr sie damals ins absolut Ungewisse. Es ist unfassbar, was sich seitdem alles getan hat.

Langsam geht die Sonne auf. Suela konnte niemanden finden, der sich getraut hätte, sie auf die Privatinsel zu bringen, deswegen mieteten sie sich ein Schnellboot. Suela kann es bedienen und so haben sie auch ein Boot, um schnell von der Insel herunterzukommen, sollte irgendetwas sein.

Camilla, April und Suela sitzen zusammen, nur Belinda steht vorn und sieht auf die Insel. Alena hat diesen B wiedergesehen, und er hat sie um ein Treffen gebeten. Da sie es sonst nicht so leicht kann und immer den strengen Augen ihres Bruders und der Cousins entkommen muss, hat Belinda gesagt, sie soll diese zwei Tage dafür nutzen und den Mann besser kennenlernen.

Sie hat sich ein Zimmer in dem Hotel gemietet, wo Vidal und sie das erste Mal zusammen waren, da dieser B dort auch in der Nähe wohnt. Es ist ja noch neutraler Boden, wenn auch schon sehr nah an der Grenze zum Los Puentes-Gebiet. Alena hat so gestrahlt und sich gefreut, Belinda gönnt es ihr. Sie selbst würde jetzt lieber woanders sein, doch sie müssen das machen.

Es ist ihre einzige Hoffnung auf Antworten und auf die Möglichkeit, vielleicht Schlimmeres zu verhindern.

»Seht ihr das auch?« April zeigt zum Ufer der Insel, und als Belinda ganz genau hinsieht, bemerkt auch sie, dass dort jemand steht und sie zu erwarten scheint.

»Was soll das? Das ist wirklich unheimlich, Suela, vielleicht drehst du besser um, es ...« Da es langsam heller wird, erkennt man auch stetig mehr, doch noch immer nicht genug. Belinda strengt ihre Augen an. Sie sieht, dass ein dunkles Tuch im Wind zu wehen scheint und versucht, die Umrisse der Gestalt genauer auszumachen. »Ich glaube ... seht doch mal genauer hin, das ist eine Nonne.«

Nun kommen auch Camilla und April zu ihr nach vorn. »Ich glaube, du hast recht, wie gruselig, lass uns umdrehen.« Belinda sieht zu Camilla. »Aber das ist es doch, was wir wollten, vielleicht ist das die Schwester Novida.« Camilla deutet zu der Frau. »Die lebt bestimmt nicht mehr, und woher weiß diese Person dort drüben, dass wir kommen, wie kann dort jemand stehen und auf uns warten? Das ist der Beginn eines guten Horrorfilms, wir sollten umdrehen.«

Suela, die das Boot lenkt, fährt sogar noch etwas schneller. »Mach dir keine Sorgen, ich habe eine Waffe dabei. Wir gehören zu den Puentes und Sombras, mit uns werden keine Horrorfilme gedreht. Hast du auch eine Waffe mit, Belinda?«

Belinda wendet sich zu Dantes hübscher Schwester um und beißt sich auf die Lippe. »Nein, ich bin noch nicht lange eine Sombras, ich zähle nicht so richtig.« Suela lacht leise und wirft ihr etwas zu. Belinda spürt das kalte Metall und würde die Waffe am liebsten augenblicklich wieder fallen lassen.

»Oh nein, wirklich nicht. Ich kann nicht mal Möwen erschießen, eine Nonne fällt da erst recht raus. Ich kann niemandem etwas tun.« Sie sieht noch immer zu Suela und muss sich gleichzeitig am Boot festhalten. Je schneller sie fahren, desto wackeliger ist es. Suela lässt einen Moment das Steuer los und neben Belinda keucht Camilla erschrocken auf.

»Oh nein, ich würde niemals von dir verlangen, süße Möwen zu erschießen, niemals!«

Belinda merkt erst, dass sie mit der Waffe herumfuchtelt, als Camilla erneut aufkeucht. »Aber eine Nonne? Ich bin total unglaubwürdig ...« Plötzlich nimmt April ihr die Waffe aus der Hand. »Ich mache das, ich würde auch nie jemanden verletzen, doch in Horrorfilmen werden immer zuerst die dunkelsten Menschen getötet, und bevor mich jemand tötet ...« Sie wedelt mit der Waffe. »Pass auf damit!« Camilla und Belinda fühlen sich beide nicht gut dabei. Bekäme einer ihrer Brüder das hier mit, würden ihre Brüder vor Lachen wahrscheinlich auf dem Boden liegen. Obwohl, da sie mit Suela hier ist, würden sie ihr wahrscheinlich doch eher den Hals umdrehen.

Sie nähern sich der Insel immer mehr und haben keine Zeit mehr nachzudenken, sie müssen handeln.

Wenn man auf die Insel blickt, erkennt man nur ein kleines Stück Strand, auf dem die Frau steht und ihnen entgegensieht, und einen Steg im Wasser, genau vor der Frau. Dorthin müssen sie mit dem Boot. Ansonsten sieht man nur auf Bäume, die Insel scheint einfach nur ein großer Wald zu sein.

April hält die Waffe hoch und sie alle sehen unsicher zu der Frau, die ganz ruhig auf den Steg geht und vorn stehen bleibt. Es ist ohne Zweifel eine Nonne, die sie regungslos anstarrt. Bevor Suela ganz an den Steg fahren kann, hebt die Nonne die Hand. »Diese Insel ist Privateigentum, Sie dürfen das Land nicht betreten. Bitte drehen Sie wieder um.«

Belinda setzt an, um etwas zu erwidern. Sie überlegt blitzschnell, was die beste Erklärung dafür wäre, wieso sie auf diese Insel müssen, doch Suela ist schneller. »Wir suchen Schwester Novida.« Der Motor des Bootes ist jetzt abgeschaltet und sie treiben auf dem unruhigen Meer genau vor dem Steg. April hat die Waffe noch in der Hand, auch wenn sie sie nicht hochhält und alle sehen in das Gesicht der Nonne.

Sie sind nah genug, sodass Belinda erkennen kann, dass die Frau auf den Namen Novida ein wenig zu überrascht reagiert. »Kennen Sie Schwester Novida?« Camilla scheint nun auch mutiger zu werden, die Schwester vor ihnen wirkt noch sehr jung.

»Was wollen Sie von der Schwester?« Die Frau wirkt nicht sehr gesprächig. »Wir brauchen dringend einige Antworten zu Fragen über die verstoßenen Kinder.« Suela hebt das Seil hoch, um es der Frau zuzuwerfen, damit diese ihr Boot festbinden kann, doch noch zögert die Nonne.

»Die verstoßenen Kinder? Hier auf der Insel gibt es keine Kinder, Sie müssen sich irren.« Suela hat sich von ihnen allen am meisten mit diesem Thema beschäftigt. »Aber vor einigen Jahren müssen hier auf die Insel Kinder und Babys gebracht worden sein. Mehrere. Wir haben die Papiere dazu gefunden, wir wollen nur wissen, was mit diesen Kindern passiert ist.«

Die Frau verschränkt die Arme vor der Brust, plötzlich wirkt es nicht mehr so, als wüsste sie nicht, wovon sie sprechen. »Wozu wollt ihr etwas darüber wissen und wer seid ihr genau, zu welcher Familia gehört ihr?« Mit der Frage hat sie selbst Suela aus dem Konzept gebracht. Sie weiß von den Familias? »Hier auf dem Boot sind beide Familias vertreten, wir wollen keinen Ärger, nur Antworten auf Fragen, die vielleicht helfen können, einige Menschenleben zu retten.«

Die Frau hält inne, man sieht ihr an, dass sie so etwas wie einen inneren Kampf ausführen muss, sie scheint einiges abzuwägen. Dann schlüpfen aus dem breiten schwarzen Gewand zwei zarte Arme und sie deutet Suela, ihr das Seil zuzuwerfen. »Dann müsst ihr uns aber genauso Fragen beantworten!«

Erst als sie auf dem Holzsteg steht, spürt Belinda, dass sie wackelig auf den Beinen ist. Die Frau sieht ihnen allen unbeirrt ins Gesicht und da erkennt Belinda, dass sie wirklich nicht viel älter ist als sie. Sie muss Mitte zwanzig sein. Belinda kennt sich zwar nicht so gut aus, vermutet aber, dass die Fremde für eine Nonne außerordentlich jung ist.

»Zu welcher Familia gehört ihr?« Eigentlich sind sie hergekommen, um Fragen zu stellen, doch offenbar müssen sie auch erst welche beantworten. »Los Puentes ...«, Suela sieht zu Belinda, »und ... Cinco Sombras, wieso ist das so wichtig? Wer lebt hier alles auf der Insel und weißt du etwas über die verstoßenen Kinder?«

Während Suela mit der jungen Frau spricht, sieht Belinda ihr genau ins Gesicht, sie ist hübsch, trägt keinerlei Make-Up, sie hat dunkle Mandelaugen und ein sehr feines Gesicht. Sie ist sehr blass, fast so, als würde sie so gut wie gar nicht ans Tageslicht gehen.

Belinda schüttelt leicht den Kopf Sie sollte sich zusammenreißen und klar denken. Sie sieht sich um, doch außer den vielen Bäumen erkennt man immer noch nichts.

»Diese Fragen sollte euch Schwester Novida beantworten. Wenn ihr zusammen hier seid ... bedeutet das, dass der Krieg vorbei ist? Bereut man den Schritt, die Kinder weggegeben zu haben oder was sucht ihr hier? Wieso sagt ihr eigentlich die verstoßenen Kinder? Müsste man nicht erst akzeptiert sein, um verstoßen werden zu können?«

Nun stockt Suela erneut und sieht der jungen Frau genauer ins Gesicht. Camilla wirkt etwas gefasster. »Nein, der Krieg ist nicht vorbei, die Familias gehen sich eher aus dem Weg, irgendwie so kann man es beschreiben ... Wir wissen nicht genau, wie das damals alles abgelaufen ist, doch wir brauchen jetzt Antworten, sonst eskaliert wieder einiges und es kann nur schlimmer werden, als es damals schon war. Also bitte denkt nicht, wir wollen irgendetwas Böses.«

Die junge Frau nickt kurz und wendet sich ab. »Folgt mir! Normalerweise kommt niemand hierher, ich hoffe, dass ich nicht allzu viel Ärger bekomme. Wir haben die Anweisungen, mit keinen Fremden zu sprechen, schon gar nicht über dieses Thema. Deswegen stellt ab jetzt alle Fragen dazu nur noch Schwester Novida, ich bringe euch zu ihr.«

Ihnen allen fällt es schwer, mit der Schwester Schritt zu halten, sobald sie den dichten Wald betreten. Belinda trägt genau wie April Ballerinas, Camilla sogar nur Sandalen, einzig Suela hat daran gedacht, sich Turnschuhe anzuziehen. Man sieht nicht, was für Schuhe die Schwester trägt, ihr schwarzes Gewand geht bis zum Boden. In jedem Falle müssen ihre Schuhe zum Begehen des Waldbodens geeigneter sein.

Neben zwei Bäumen steht ein silbernes altes Fahrrad, das die Schwester nimmt und auf einem schmalen Weg immer tiefer in den Wald hineinschiebt. Belinda hat schon Probleme, auf dem schmalen, sandigen Weg zu laufen, wie kann die Schwester hier nur Fahrrad fahren? Belinda sieht, wie Suela die Waffe von April wieder an sich nimmt und ihr wird immer mulmiger.

»Wie habt ihr überhaupt bemerkt, dass wir kommen?« Da April am wenigsten in all das persönlich involviert ist, kann sie vermutlich am klarsten denken. Denn es stimmt, wie konnten die Nonnen wissen, dass sie kommen?

»Ungefähr zehn Minuten vor der Insel seid ihr an mehreren Bojen vorbeigefahren, diese geben ein Signal an unser Kloster ab und so wissen wir, dass jemand kommt. Ich brauche nur ein paar Minuten mit dem Rad, der Alarm geht mindestens einmal im Monat los, weil mal größere Fische die Bojen streifen. Ich war sehr überrascht, dass dieses Mal wirklich jemand gekommen ist.«

Die Sonne ist schon aufgegangen, trotzdem ist es im dichten Wald sehr dunkel, Belinda würde sich wahrscheinlich niemals trauen, hier allein herumzulaufen. »Weshalb darf niemand auf die Insel? Wer lebt hier, wieso braucht ihr hier so einen Schutz und war das schon immer so?« Suela versucht, nicht zu aufdringlich zu sein, doch für sie alle ist das seltsame Verhalten der Nonne viel zu unverständlich, um ruhig zu bleiben.

Die Schwester schlüpft mitsamt Fahrrad zwischen zwei eng stehenden Bäumen hindurch und alle bleiben stehen, als sie sehen, was sich hinter den Bäumen auf einer grünen Lichtung vor ihnen auftut.

Dort steht ein zweistöckiges graues, uraltes Haus mit einem großen Kreuz auf dem Dach. Zwei kleine Türme flankieren die Seiten. Das Gebäude ist nicht besonders groß, doch mit einem Blick auf das mächtige Kreuz wird klar, dass es sich hierbei um ein Kloster handelt. Ein Brunnen steht auf dem Gras vor dem Haus und mehrere Tiere laufen herum. Belinda erkennt eine defekte Kinderschaukel und bekommt eine Gänsehaut. Sind an diesem Ort wirklich Kinder groß geworden?

»Hier leben neben mir noch drei weitere Nonnen. Alles andere kann euch nur Schwester Novida sagen, ich bringe euch zu ihr.« Auch wenn sich alles in Belinda dagegen sträubt, in dieses alte, dunkle Gebäude zu gehen, folgt sie Suela, die mit sicheren Schritten der jungen Nonne nacheilt. Camilla bekreuzigt sich und April sieht sich immer wieder unsicher um.

»Vielleicht hätten wir doch jemandem sagen sollen, dass wir hier sind.« Belinda nimmt ihr Handy aus der Tasche, ihr Display zeigt an, dass sie keinen Empfang haben, nichts. »Hier auf der Insel gibt es keinen Empfang, wir haben nur im Kloster ein altes Telefon!« Belinda schreckt zusammen, als sich die junge Schwester zu ihr umdreht und ihr in die Augen sieht.

Belinda nickt und steckt das Handy wieder weg, während die junge Nonne das Fahrrad an die graue Wand neben eine alte Holztür stellt und klopft. Belinda sieht sich genau um, es gibt hier nicht einmal eine Klingel.

Eine ältere Frauenstimme fragt etwas in einer anderen Sprache und die junge Nonne antwortet in derselben Sprache. Camilla sieht sie fragend an, während sich die alte Tür knarrend öffnet. »Schwester Maria ist vor zwei Jahren aus Italien zu uns gekommen, und Schwester Svetlana aus Kroatien vor drei Jahren.«

Sie treten in einen langen grauen Flur. Das Haus ist von innen und außen grau, es ist offensichtlich nichts getan worden hier, die Wände sind roh und kalt, man spürt sofort eine gewisse Feuchtigkeit im Haus, auch wenn es lecker nach Brot riecht.

Die ältere Schwester, die ihnen die Tür geöffnet hat, sieht sie neugierig aus dunklen Augen an, während die junge Schwester mit ihr italienisch redet und sie dann weiter den langen Gang entlangführt.

»Du sprichst also auch italienisch.« Es ist eine einfache Feststellung von April, die Belinda deutet, sich die vielen religiösen Bilder und Skulpturen an den Wänden anzusehen. Die junge Nonne sieht sich zu ihnen um und man erkennt Stolz in ihrem Blick. »Ja, Italienisch, Kroatisch, Latein und Französisch … man hat hier viel Zeit.«

Belinda lächelt sie matt an, auch wenn sich Mitleid in ihr breitmacht. Was hat diese hübsche junge Frau dazu getrieben, so früh eine Nonne zu werden?

Sie sehen immer wieder Steinbögen, die den Blick in einige Räume freigeben. Sie gehen an einer kleinen Küche mit einem riesigen Holztisch vorbei.

Es wirkt alles sehr einfach, Schüsseln mit frischem Obst und Gemüse stehen herum und zwei Laibe Brot liegen da, als hätte sie gerade jemand aus dem Ofen gezogen. In einem anderen Raum sitzt eine weitere Nonne in einem roten Sessel und strickt an einem lila Stück, man erkennt noch nicht, was es werden soll, und sie blickt nicht einmal auf.

»Das ist Schwester Svetlana, sie ist taub!« Belinda schüttelt kurz den Kopf, all das findet sie gruselig. »Wie heißt du eigentlich?« Die junge Frau geht weiter. »Emilia.« Suela wendet sich zu ihnen um und deutet auf bunte Farbe auf den grauen Steinen, wie von Malkreide.

Sie gehen an einer Treppe vorbei, die nach oben führt. In einer Ecke steht eine große Holzkiste mit defektem und verstaubtem Kinderspielzeug. Autos, Puppen, Teddys, es müssen also Kinder hier gewesen sein.

Gleich neben der Treppe klopft Emilia und deutet ihnen zu warten, sie steckt ihren Kopf durch einen Türspalt und Belinda hört genau zu, als sie der Schwester Novida erklärt, was sie wollen. Es ist lange still, nachdem Emilia geendet hat und auch sie scheint nicht so recht zu wissen, wie es jetzt weitergeht. Doch dann ertönt eine alte, schwache und gebrechliche Stimme. »Lass sie rein, ich habe geahnt, dass es eines Tages so kommen würde.«

Sie sehen sich noch einmal an, bevor sie das Zimmer betreten. Als sie dann auf Schwester Novida blicken, kann sich selbst Belinda ein erschrockenes Aufkeuchen nicht verkneifen.

Kapitel 2

Sie alle blicken auf eine, sicherlich um die neunzig Jahre, alte Frau.

Sie sitzt in einem Rollstuhl, ihr Körper ganz schmal und mitgenommen vom Leben, doch ihre Augen sehen sie noch immer sehr wach an. Der Reihe nach blickt sie ihnen ins Gesicht, doch all das ist es nicht, was sie einhalten lässt.

Ihr Gesicht ist vernarbt, sie muss Höllenqualen erlitten haben, ihr Äußeres ist furchtbar entstellt, aber dennoch blicken sie die Augen wach an und darin ist ein Überlebenswillen zu erkennen, der Belinda fesselt.

»Wer hat euch hergeschickt?« Sie treten alle ein, Suela räuspert sich, sie hatten nicht einmal damit gerechnet, Schwester Novida zu finden, sie so anzutreffen, bringt sie alle einen Moment aus dem Konzept. »Wir suchen nach den verstoßenen Kindern aus unseren Familien und sind auf Papiere gestoßen, die uns hergeführt haben. Wir würden gerne erfahren, was damals genau passiert ist und was aus den Kindern geworden ist.« Die alte Frau sieht müde zum Fenster. »Du solltest rausgehen, Emilia, ich rufe dich, wenn etwas ist.«

Belinda kann sich gar nicht so schnell umdrehen, da ist Emilia draußen und die Tür zu. Als die alte Frau nach den Großvätern der Familias fragt, ist allen klar, dass Vidals oder Belindas Vater nicht viel mit dieser Geschichte zu tun haben, sondern dass deren Väter das Ganze abgewickelt haben.

»Ich verstehe gar nicht, wieso ihr überhaupt von all dem wisst und wieso ihr etwas darüber erfahren möchtet? All die Jahre hat nie jemand danach gefragt.«

April versteift sich ein wenig, für sie alle ist die Vorstellung, wie all das damals passiert ist grausam, doch sie müssen diese Antworten jetzt bekommen. »Ich will ganz ehrlich zu Ihnen sein, es ist immer noch nicht gerne gesehen, dass darüber gesprochen wird, doch es sind in letzter Zeit viele Dinge geschehen und wir denken, dass es vielleicht helfen könnte zu erfahren, was damals passiert ist. Es weiß niemand aus den Familias, dass wir hier sind.« Belinda versucht es zu erklären.

Die Frau blickt wieder zu ihnen. »Und ihr seid aus beiden Familias? Wie kann das sein? Ich habe diesen tiefen Hass selbst miterlebt, wie kann das vorbei sein?« Belinda sieht zu Suela. »Es ist eine Art Waffenstillstand, man kann sagen, es gehen sich alle aus dem Weg, doch ich bin noch nicht lange hier, auch wenn ich zu den Cinco Sombras gehöre, habe ich diesen Hass niemals miterlebt und empfinde auch nicht so für die andere Familia. Momentan müssen wir einfach erfahren, was damals mit diesen Kindern passiert ist.« Belinda versucht ihre Situation darzulegen.

Die alte Frau seufzt leise auf und sieht aus dem kleinen Fenster, an dem sie schon saß, als sie eingetreten sind. »Wir sollten niemals darüber sprechen, aber ich denke, dass das mittlerweile wahrscheinlich nicht mehr gilt.« Suela nickt. »Glauben Sie uns, keinen der Männer, die heute die Familias führen, interessieren diese alten Geschichten noch, machen Sie sich keine Sorgen.«

Schwester Novida sieht sie nicht mehr an.

»Glaube mir, mein Kind, ich kenne ein Leben ohne Sorgen schon gar nicht mehr …

Ich kann mich noch ganz genau an den Tag erinnern, wo all das begann, für uns zumindest begann, den Krieg der Familias gab es damals schon lange. Wir alle waren daran gewöhnt, die meisten Nonnen aus dem Kloster San Juans halfen im Krankenhaus, wir kümmerten uns um die Wunden der Seele der Menschen und um ihre Ängste und Sorgen.

Dieses Kloster hier auf der Insel gab es damals auch schon, es war aber nur ein kleiner Rückzugsraum aus unserem Alltag im Kloster von San Juan. Hierher konnte jeder kommen, der mal etwas Ruhe brauchte, hin und wieder sind ein paar Touristen hergekommen, eine Fähre fuhr damals immer alle Inseln in der Umgebung an.«

Man spürt, dass die alte Frau abschweift, doch Belinda macht das gar nichts, sie würde gern noch viel mehr über diesen Krieg und die Zeit damals erfahren. Es ist für sie so unvorstellbar, vielleicht kann sie es irgendwann einmal begreifen, doch die Frau schüttelt kaum merklich den Kopf, auf dem noch immer ihre Haare verdeckt werden.

»Ich weiß noch bis heute, wie heiß es an dem Tag war. Ich war gerade auf der Neugeborenen-Station gewesen, als der Fahrstuhl zur Frauenabteilung aufging und eine ganz blasse Frau mir quasi in die Arme fiel. Sie blutete, erst sah ich nur das Blut an den Händen, dann begriff ich, dass sie unten herum blutete.

Am Anfang hat man nicht gemerkt, dass sie schwanger war, erst als sie auf die Liege gelegt und das weite T-Shirt hochgezogen wurde, sah man den kleinen Bauch. Keiner wusste genau, was der Frau fehlte, sie musste sofort zu einem Arzt, doch auf dem Weg dahin krallte sie sich an meinem Arm fest.

'Machen sie es weg, ich wollte das Kind nicht. Sein Vater hat mich gezwungen, er ist ein Teufel und das Kind wird genauso verteufelt sein.'«

Schwester Novida stockt und sieht sie traurig an. »Ich habe lange und oft mit werdenden Müttern gearbeitet, ich hatte zwei Frauen darunter, die vergewaltigt wurden, einige, die ihre Kinder verloren haben, deren Kinder krank geboren wurden, ich war vieles gewohnt, doch das ... es waren ihre Augen und der Hass darin, sie meinte jedes Wort bitterernst, ich werde diesen Blick niemals vergessen.

Ich wartete draußen, die Augen der Frau haben mich nicht mehr losgelassen. Als die Krankenschwestern rauskamen, hatten sie einen kleinen Jungen im Arm. Ich weiß noch, wie klein er war, er musste sofort behandelt werden. Die Chance, dass er überleben wird, war sehr gering. Ich bin bei ihm geblieben und habe erfahren, dass die Mutter irgendwelche Tabletten geschluckt hat, die die Blutungen ausgelöst haben.

Der Junge würde nicht ohne Schäden aufwachsen, doch er kämpfte und überlebte die ersten Stunden. Keiner kümmerte sich wohl mehr so recht um die Frau, sie wollte auch nicht, dass man irgendjemanden anruft. Als eine andere Schwester zu dem Jungen kam, ging ich nach ihr sehen, wollte nochmal nachfragen, ob sie den Kleinen nicht einmal sehen möchte, doch ihr Zimmer war leer. Erst dachte ich, sie sei einfach gegangen, zehn Minuten später wurde es plötzlich unruhig im Krankenhaus, die Frau hatte sich vom Dach des Gebäudes gestürzt.«

Man kann kaum jemanden atmen hören, alle starren die alte Frau gespannt an und lauschen jedem ihrer Worte.

»Ich konnte nicht schlafen und blieb bei dem Baby. Die Augen der Frau haben mich verfolgt, wäre ich nur früher zu ihr gegangen, vielleicht hätte ich das verhindern können. Am nächsten Tag wurde endlich festgestellt, wer die Frau war, sie war von den Cinco Sombras, ich glaube eine Cousine des Anführers, wenn ich mich nicht täusche.

Die Krankenschwestern haben mir dann erzählt, wie viele Frauen der Cinco Sombras oder der Los Puentes schon bei ihnen gelandet sind, wie viele schwanger waren und die Kinder nicht akzeptieren wollten, wie viele verletzt hergebracht wurden und dann mit gebrochenen Seelen wieder entlassen wurden und was für grausame Bestrafungen sich die Familias ausgedacht haben. Es war ein Strudel der Gewalt, in den alle gezogen wurden.«

Belinda muss gegen die Tränen ankämpfen, es ist so grausam, was damals alles passiert ist.

»Es kamen Mitglieder der Cinco Sombras, ich habe hin und wieder Mitglieder der Familias getroffen, doch noch nie so nah erlebt. Der Anführer war da, heute führt sein Sohn Ramiro die Cinco Sombras an, damals hat er sich noch um alles gekümmert. Er hatte einen kleinen Jungen auf dem Arm. Sie besprachen sich mit dem

Klinikleiter und wollten dann gehen, ich nahm all meinen Mut zusammen und sprach sie an.

Es war merkwürdig, ich wusste auch nicht genau, was ich sagen sollte, doch ich erzählte ihnen, wie verzweifelt die Frau war und fragte, wieso die Frau so einen Hass auf das Baby hatte. Der Anführer zeigte mir den kleinen Jungen auf seinem Arm genau. Er hatte Narben von Verbrennungen im Gesicht und ganz traurige Augen.

Der Anführer sagte mir, ich solle mir ansehen, was die Los Puentes seiner Familie antun und dass sie sich dafür nur rächen. Die Eltern des Jungen wurden in einem Auto verbrannt, der Junge konnte noch gerettet werden. Diese Frau ist nur ein weiteres Opfer, für das sich die Los Puentes verantworten müssen und was sie rächen werden.«

Belinda lächelt matt. »Das war mein Cousin Adrian.« Suela verschränkt die Arme. »Ich dachte, die Eltern sind in ihrem Haus verbrannt?« Belinda schüttelt den Kopf. »Nein, aber ich schätze, dass es vieles gibt, was die andere Seite falsch erfahren hat und jeder hat den anderen grausames angetan.« Suela nickt.

»Ich habe den Anführer gefragt, was mit dem Baby sei, ob sie es nicht mitnehmen oder sehen wollen, doch er hat sich geweigert und gesagt, dass sie so viele dieser Kinder haben, die keiner will und die nur durch Hass auf die Welt gekommen sind. Dann sind sie gegangen.

Mich hat das mehrere Tage begleitet, noch immer war ich ständig bei dem Baby, das weiterhin um sein Leben kämpfte. Ich hatte mit der oberen Ordensschwester gesprochen, doch unsere normalen Kinderheime waren total überfüllt, also entschloss ich mich, noch einmal das Gespräch mit dem Anführer der Cinco Sombras zu suchen.

Ich habe es niemandem gesagt, jeder hatte Respekt vor den Familias und man sollte sich nicht in deren Privatsphäre einmischen, doch die Augen der Frau und der kleine Junge ließen mir keine

Ruhe. Ich hatte erfahren, wo der Anführer gern zu Mittag aß und ging fast jeden Tag nachsehen, ob ich vielleicht Glück hatte. Es dauerte acht Tage, bis ich ihn endlich antraf, denn so mutig, zu ihm nach Hause zu gehen, war ich auch nicht.

Natürlich war er sehr verwundert und vielleicht auch etwas wütend, dass ich ihn noch einmal mit dem Thema belästigte, doch er redete mit mir. Ich merkte, dass er immer an seine Familie dachte, doch ich spürte auch, dass, egal was ich sagte, der Hass zwischen den Familias so groß ist, dass er dem kleinen Jungen niemals eine Chance geben wird.

Ich versuchte es trotzdem, doch letztendlich bat ich ihn, mir zu erlauben, mich um das Baby kümmern zu dürfen, ich wusste noch nicht wie, doch ich wollte diesen Jungen nicht im Stich lassen.

Als der Anführer das hörte, dachte er kurz nach und dann fiel ihm etwas ein. Er erzählte mir, dass die Familias gerade einen Friedensplan erarbeiteten. Sie versuchen, sich aus dem Weg zu gehen, wenn sie so weitermachen wie bisher, würde es bald niemanden mehr von ihnen geben. Er bat mich, zwei Tage später zu einem dieser Treffen zu kommen und auch wenn ich wusste, wie gefährlich das war, musste ich dorthin.

Es war so komisch und bizarr, an einem Tisch mit einigen Männern zu sitzen, die sich so abgrundtief hassten wie diese beiden Anführer. Sie sprachen miteinander, ja, aber der Hass zwischen ihnen lag wie heißes Feuer in der Luft. Ich weiß noch, dass der damalige Präsident dabei war und ich mich die ganze Zeit gefragt habe, wie viel Macht diese beiden Familias wirklich haben.

Irgendwann begannen sie, mit mir zu sprechen, ich erzählte ihnen von dem kleinen Jungen und sie erklärten mir, dass es viele dieser Kinder gibt. Sie vereinbaren gerade ein Abkommen, um eine Waffenruhe zu gewährleisten und dafür zu sorgen, dass solche Rachefeldzüge beendet werden und die Familias sich so gut es geht aus dem Weg gehen.

Dann erzählten sie mir von den anderen Kindern, die es gibt, die wie der kleine Junge im Krankenhaus ungewollt sind. Die Mütter quälen sich mit diesem Hass und werden niemals mit der Vergangenheit abschließen können, wenn sie sich die Kinder ansehen.«

Die Schwester stockt, als könne sie all das bis heute noch nicht glauben. »Sie haben mich gebeten, mich dieser Kinder anzunehmen, da sie als Familia die Ergebnisse dieses ewigen Krieges nicht haben wollen. Ich war schockiert, schockiert und ohnmächtig im ersten Moment, doch ich wusste auch, dass die beiden Anführer beider Familias es absolut ernst meinten und dass, egal was passiert, die Kinder darunter leiden werden.

Ich musste an die Frau denken, wie verzweifelt sie war und beschloss zu helfen, ob den Frauen oder den Kindern, war mir egal, doch ich wusste nicht, wie ich das tun sollte. Mit dem Jungen waren es insgesamt sechs Kinder. Unser Waisenhaus war vollkommen überfüllt und die Anführer wollten auch, dass die Kinder am besten so weit weg wie möglich aufwuchsen.

Wieder bin ich zu der obersten Ordensschwester gegangen, ich wusste nicht weiter, ihr kam dann die Idee mit diesem Ort hier. Wir wussten, dass diese Kinder besonders viel Liebe brauchten und fingen an, so gut es ging, dieses Kloster ein wenig kindgerecht zu machen. Die Anführer waren einverstanden und wir einigten uns auf eine Summe, die für die ersten Jahre reichen sollte.«

Sie schüttelt den Kopf. »Es hört sich so grausam an, wie ein alltägliches Geschäft, doch damals sahen wir keinen anderen Weg. Auch die Anführer dachten einfach nur an ihre Töchter, Schwestern oder Nichten und ich verstand sie sogar, ich hatte ja die Qual in den Augen der Frau gesehen.«

Suela nickt. »Keiner macht Ihnen einen Vorwurf, aber Sie müssen auch wissen, dass nicht alle diese Frauen ihre Kinder weggeben wollten, meine Mutter leidet bis heute darunter.« Schwester Novida nickt traurig.

»Es war eine schwere Zeit, nach ungefähr zwei Wochen brachte erst der Anführer der Cinco Sombras ein kleines Mädchen und einen kleinen Jungen, zwei Tage später der Anführer der Los Puentos ein Mädchen und zwei Jungen.

Der kleine Junge aus dem Krankenhaus war auch schon da und ein halbes Jahr später kamen vier Babys, drei Jungen und ein Mädchen. Wir waren vier Schwestern, die sich rund um die Uhr um die Kinder gekümmert haben. Auch wenn wir hier sehr abgeschottet gelebt haben, hat uns einen Winter eine schlimme Grippewelle eingeholt, die nur fünf Kinder überlebt haben, auch eine Schwester ist damals gestorben.

Der Junge aus dem Krankenhaus, zwei Mädchen und zwei Jungen haben überlebt. Alle anderen sind schon sehr früh von uns gegangen. Irgendwann wurde auch die Fährverbindung zu unserer Insel unterbrochen, seitdem fahren wir alle zwei Wochen mit dem Schiff zum Markt, ansonsten verlassen wir die Insel nicht.

Es hat niemals jemand mehr nach den Kindern gefragt …«, sie blickt zu ihnen, »… bis heute!«

Kapitel 3

Die junge Schwester Emilia tritt wieder in das Zimmer mit einem Tablett, auf dem mehrere Packungen Tabletten und ein Glas Wasser stehen. »Sie braucht jetzt ihre Medikamente und Ruhe, ich hoffe, ihr habt eure Antworten bekommen.«

Keiner von ihnen kann sich wirklich bewegen oder klar denken, nachdem sie nun die ganze schreckliche Wahrheit kennen. Natürlich wussten sie vieles schon, doch es so hart vor Augen geführt zu bekommen, ist noch einmal etwas anderes.

»Wo sind diese Kinder jetzt? Ich meine, die werden ja ungefähr so alt wie wir sein. Leben sie noch hier? Können wir mit ihnen sprechen?« Belinda sieht, wie sich Emilia etwas verkrampft und fast das Tablett fallen lässt. Schwester Novida hält sich den Kopf, vielleicht war das wirklich etwas viel für die alte Frau.

»Ich weiß nicht, ob das so eine gute Idee ist, doch sie sollen selbst entscheiden, ob sie mit euch sprechen wollen. Emilia, kannst du die vier ins Dorf zu Sofia bringen?« Emilia sieht unsicher zwischen ihnen und der Schwester Novida hin und her. »Sicher? Ich denke, sie haben genug erfahren, wir wissen doch gar nicht, wer sie genau sind.«

Belinda sieht Emilia bittend an. »Ich bin die Tochter von Ramiro, dem Anführer der Cinco Sombras und das ist meine beste Freundin April, die gerade zu Besuch ist. Hier drüben ist Suela, sie gehört zu den Los Puentes und Camilla ist mit Suelas Bruder zusammen und eine sehr gute Freundin von mir, wir wollen nichts Böses, nur erfahren, was genau passiert ist.«

Sie beißt sich leicht auf die Unterlippe, sie darf nicht zu viel verraten. Wenn sie ihnen von den Vorkommnissen der letzten Zeit erzählt und dass sie denken, es könnte etwas mit den Kindern hier zu tun haben, bekommen sie vielleicht nie Klarheit. Sie müssen sehr vorsichtig sein mit dem, was sie sagen.

Emilia ist immer noch nicht begeistert, doch deutet ihnen aber an mitzukommen. Sie verabschieden sich von Schwester Novida und folgen Emilia, die sie schnell aus dem Kloster bringt. Dieses Mal lässt sie das Fahrrad stehen und läuft wieder in den Wald zurück.

April stoppt Belinda. »Seid ihr sicher, dass wir da jetzt noch mitgehen sollten? Ihr kennt jetzt die Geschichte, wollt ihr wirklich auf diese Leute treffen? Was denken sie? Wie wollt ihr erklären, wer ihr seid? Die Frau hat uns nicht einmal gesagt, was sie als Kinder erzählt bekommen haben, wer sie sind oder vielmehr, wer ihre Eltern sind, vielleicht sollten wir zurückfahren.«

Emilia ist zwar einige Schritte vor ihnen, doch auch sie hat eingehalten. »Sie wissen genau, wer sie sind und wie sie entstanden sind, aber wenn ihr gehen möchtet, bringe ich euch gerne zum Strand zurück.« Gut, Emilia ist jetzt nicht gerade begeistert, sie hier zu haben, doch Suelas Augen strahlen neugierig. »Ich möchte sie kennenlernen. Jemand von ihnen könnte meine Schwester oder mein Bruder sein.«

Die junge Nonne sieht Suela einen Moment an, man erkennt in ihrem Blick keine Regung, trotzdem bekommt Belinda eine Gänsehaut. »Hier lang.« Als wäre das gerade nicht passiert, wendet sie sich abrupt ab und geht weiter, zwischen Bäumen entlang, es ist immerhin ein sehr schmaler Waldweg, doch Belinda stolpert trotzdem zweimal.

Nach nicht einmal fünf Minuten sehen sie auf eine neue Lichtung, diese aber wirkt viel freundlicher. Es sind gleich am Anfang mehrere Beete angelegt mit verschiedenem Gemüse und Obstbäumen. Zwei einfache Holzhütten stehen neben einer offenbar abgebrannten Holzhütte und einer, die eher nicht so gemütlich aussieht, fast so, als wäre ein Hurrikan durch diese Lichtung gezogen und hätte zwei Hütten zerstört und zwei verschont.

Eine der Hütten ist vollkommen verbrannt, die andere ist teilweise sehr marode, es steht aber gerade ein junger Mann an den zerschlagenen Fenstern und scheint sie erneuern zu wollen. »Petro, wo ist Sofia?« Der Mann wendet sich um und sieht sie sehr überrascht an, doch auch Belinda stockt und würde sich am liebsten die Augen reiben. Petro sieht aus wie eine etwas ältere Version von Roman, die gleichen grünen Augen blicken sie an, die auch ihr Cousin und ihre Cousine haben. Auch April und Camilla sehen das sofort. »Ach du meine Güte.«

Sie können gar nicht reagieren, denn aus einer der intakten Holzhütten kommt eine hübsche junge Frau heraus, sie scheint, genau wie Emilia, in ihrem Alter zu sein und auch sie wirkt auf Belinda irgendwie vertraut, als würde sie sie bereits kennen. »Was ist denn hier los?«

Nun werden sie von der jungen Frau und dem Mann angestarrt. Emilia zieht ihre Hände unter der schweren Nonnenkutte heraus, dabei fallen Belinda wieder die sehr hellen und zarten Arme der Frau auf. Auch sie selbst ist nicht gerade dunkel, doch Emilia ist noch einmal heller. Im Gesicht merkt man das gar nicht so sehr, doch an ihren Armen fällt es auf.

»Die vier sind gekommen, um die verstoßenen Kinder der Familias zu suchen.« Die Frau, die wahrscheinlich Sofia ist, sieht sie alle abschätzig an, dann lacht sie gehässig auf. »Verstoßene Kinder, nennt man das so?« Belinda kann noch immer nicht aufhören, Petro anzusehen, Suela übernimmt die Erklärung, dass sie nichts Böses wollen, sie möchten nur herausbekommen, was damals passiert ist und wie es ihnen heute geht.

»Was damals passiert ist, wisst ihr ja nun, jetzt seht ihr, wie es uns geht, noch etwas?« Es ist verständlich, dass sie hier nicht mit offenen Armen empfangen werden, also wendet sich nun auch Belinda an Sofia und erklärt, dass sie noch nicht lange in Puerto Rico ist und hergekommen sei, um ihre Familie zu finden, was ihr ja auch gelungen ist. Sie hat erst jetzt von den verstoßenen Kindern erfahren und sich mit Suela, Camilla und April auf den Weg hierher gemacht.

»... Ich weiß, dass euch viel Unrecht geschehen ist und dass all das sicherlich etwas ist, was jeder von euch gerne vergessen möchte,

doch ich bin hergekommen, um meine ganze Familie zu finden ...«
Sie deutet auf Petro und sieht ihm einen Augenblick in die Augen.

Sofia sieht sie entgeistert an. »Was soll das heißen, woher willst du wissen, wer Petro ist? Und wieso steht ihr hier eigentlich, als wäre alles zwischen den Familias in Ordnung? Wollt ihr uns etwa damit sagen, dass es diesen Krieg, von dem wir immer erzählt bekommen, gar nicht gibt?«

Sofia erinnert Belinda an Suela mit ihrer forschen Art, doch sie spürt dahinter auch eine Menge Wut und natürlich ist diese Wut mehr als verständlich. Belinda wüsste nicht, wie sie sich an ihrer Stelle fühlen würde und sie weiß, dass sie ihre Worte gut wählen muss.

»Ein Blick genügt, um zu wissen, dass er mein Cousin ist, er sieht seinem Bruder und seiner Schwester sehr ähnlich. Ich weiß, dass ihr denkt, dass alle ... euch nicht wollten, doch das stimmt nicht. Ich weiß, dass meine Tante sehr darunter leidet, dass ihr das Kind weggenommen wurde. Ich ... wir wollen hier auch keine Wunden aufreißen, versteht das bitte nicht falsch.«

Sofia sagt nichts, ihr Gesicht ist wie versteinert. Als Belinda zu Petro sieht, erschreckt sie, er zittert am ganzen Körper.

Er sieht sie fassungslos an und zittert, seine Hände lassen den Hammer fallen, den er gerade noch gehalten hat. Belinda erkennt die blanke Wut in seinen Augen, Wut und Trauer und es zerreißt ihr das Herz. Er erinnert sie in dem Moment an Roman, als er um Adrian getrauert hat.

»Petro.« Nicht nur sie sieht besorgt zu dem Mann, der kaum noch Luft zu bekommen scheint. Belinda treten Tränen in die Augen. Wie muss er sich fühlen, sie steht hier nach so vielen Jahren, in denen er ... wie muss er sich gefühlt haben? Belinda kann es sich nicht einmal vorstellen. Alleingelassen, ungewollt, wie das Ergebnis von etwas Bösem und nun kommt sie, kommt und erzählt ihm, dass er eine Schwester, einen Bruder und eine Mutter hat, die ihn vermisst und er ihr Cousin ist.

»Es tut mir leid, ich ...« Petro dreht sich um, er tritt so stark gegen den Pfosten des kaputten Häuschens, dass er einknickt und ein Teil des Holzdaches einstürzt. Mit lautem Krachen fällt alles auf den Boden, doch Petro geht unbeirrt in Richtung Wald, ohne sich noch einmal umzublicken. Stampfen würde es wohl besser beschreiben.

»Na klasse, das Haus war eh kaputt.« Sofia rümpft ein wenig die Nase, doch als sie Belinda ins Gesicht sieht, wirkt sie fast so, als würde sie am liebsten die Augen verdrehen und deutet ihnen an, einzutreten. »Kommt erst einmal herein.« Emilia bleibt bei ihnen, doch bisher hat sie nicht einmal mit der Wimper gezuckt, noch nicht einmal, als das halbe Haus eingestürzt ist, als würde sie all das nichts angehen.

Wenn man im Haus ist, wirkt es noch kleiner als von außen. Es soll offenbar eine Art Büro sein, drei Schreibtische sind aufgebaut, auf denen viele Zettel liegen, es gibt auch einen Computer. Hier scheinen sie offenbar eine funktionierende Leitung zu haben. Man erkennt ein kleines Bad und eine Küche, in der Ecke stehen zwei Sofas und eine Couch, auf der noch Bettzeug liegt, vermutlich wohnt hier auch jemand.

»Lebt ihr hier zu zweit? Wo sind die anderen? Ich weiß, dass es sehr persönlich ist, aber wieso seid ihr niemals gekommen und habt unsere Familien aufgesucht? Ich glaube, ich hätte das sofort getan, um zu erfahren, was wirklich passiert ist.«

Sie setzen sich um einen der Schreibtische herum, Sofia holt noch ein paar Stühle heran, während Emilia ihnen allen Eistee eingießt. Suela fragt forsch weiter nach, natürlich platzt auch Belinda vor Neugierde, doch das gerade eben war wie ein Fausthieb in den Magen, sie wollte Petro nicht sauer machen, Feinfühligkeit war nie ihre Stärke.

Sie holt ihr Handy heraus, was auch hier keinen Empfang hat. Am liebsten würde sie Vidal anrufen und ihm alles erzählen, auch wenn sie weiß, dass er sicherlich ziemlich sauer wäre, sagt ihr etwas tief in ihrem Herzen, dass er trotzdem für sie da sein würde. Ist das die Antwort auf ihre Unsicherheit darüber, wie ernst er es mit ihr meint? Weiß sie die Antwort schon längst und gesteht sie sich nur nicht ein?

Sofia setzt sich zu ihnen und Belinda steckt das Handy wieder weg. »Ich wollte Petro nicht verletzen, es tut mir wirklich leid.« Sofia nimmt einen Schluck, sie ist sehr hübsch, ihre braunen Haare sind in einem strengen Zopf nach hinten gebunden, ihre dunklen Augen sehen sie alle ernst an. Sie sind gerade alle nicht sehr viel geschminkt, doch Emilia und auch Sofia tragen kein Make-Up und Sofia nur eine Jeans, ein weißes Shirt und ein rotkariertes Hemd darüber.

»Er wird sich schon wieder beruhigen, er kann sehr aufbrausend sein und ich glaube, es ist gut, dass er gegangen ist und sich erst einmal abregen kann. Woher weißt du so genau, dass er dein Cousin ist?« Belinda könnte versuchen, es ihnen zu erklären, doch sie zieht ihr Handy heraus und zeigt ihnen Bilder von Alena und Roman. Das erste Mal kann nun auch Sofia nicht mehr verbergen, wie nah ihr das alles geht, sie gibt Belinda das Handy wieder und sieht fassungslos zu Emilia.

»Ich habe niemals im Leben damit gerechnet, dass dieser Tag kommen wird.«

Emilia und sie tauschen einen ratlosen Blick aus, dann sieht Sofia zu Suela. Camilla und April halten sich etwas zurück, doch man sieht ihnen an, dass auch sie tief betroffen von dieser ganzen Situation sind. »Zu allererst würden wir gerne einiges erfahren, bevor wir euch eure Fragen beantworten, aber zu der letzten Frage: Wir sind mit dem Wissen groß geworden, dass uns unsere Mütter nicht wollen, dass wir aus purem Hass heraus entstanden sind.

Uns wurde immer eingeprägt, dass wir diese Insel nicht verlassen sollen, nicht versuchen sollten, an unsere Mütter heranzutreten, um ihnen den Schmerz zu ersparen, der unser Anblick bei ihnen auslöst. Wir wissen von dem Krieg, den es zwischen den Familias gab, und wir sind das, was aus dem Schlimmsten dieses Krieges entstanden ist ...« Sie blickt Suela in die Augen. »Ich denke nicht, dass du in unserer Situation nach deiner Mutter gesucht hättest.«

Camilla neben Belinda wischt sich eine Träne weg, es zerreißt auch ihr das Herz. Mit was für einem Gefühl müssen sie alle hier als Kinder groß geworden sein? Wie kann man es ertragen, zu wissen, wie sie entstanden sind und immer zu denken, dass sie das Böse in sich tragen? Auch Suela sieht auf die Tischplatte, doch dann tut sie etwas, wozu Belinda nicht den Mut gehabt hätte.

Sie greift nach Sofias Hand und umschließt diese, während sie ihr fest in die Augen sieht und ihr zu erzählen beginnt, was inzwischen mit den Familias ist. Sie verdreht keine Tatsachen und schildert, dass es zwar eine Waffenruhe gibt, doch der Hass bis heute anhält und dass es mehr als gefährlich ist, dass Suela und Belinda sich gemeinsam auf die Suche nach den verstoßenen Kindern gemacht haben.

Sie erwähnt auch, dass gerade sehr viel Unruhe herrscht und es bald wieder zu eskalieren droht, da momentan beide Familias angegriffen werden und sie versuchen, allen Spuren nachzugehen, um zu verhindern, dass all das Grauen der Vergangenheit wieder aufkocht.

Sie erzählt aber auch von ihrer Mutter und anderen Frauen, die bis heute unter dem Verlust ihrer Kinder leiden. Belinda weiß, wie emotionslos ihr Vater und auch Vidal von all diesen verstoßenen Kindern erzählt haben, doch als Suela jetzt sagt, dass sie sicher sei, dass wenn ihre Familien sie alle erst einmal sehen würden, sich einiges an ihren Einstellungen ändern könnte, stimmt auch Belinda zu. Sie können diese Menschen nicht für etwas hassen, wofür sie gar nichts können.

»Wir stehen für alles, was sie hassen, das wird sich niemals ändern, doch ich finde es trotzdem schön, dass ihr gekommen seid und vielleicht nicht so denkt, über die anderen mache ich mir aber erst gar keine Illusionen.« Sofia sagt das zwar sehr hart, doch man hört genau, dass sie diese Tatsache verletzt.

»Zu deiner Frage vorhin: Wir waren zu zehnt, fünf von uns sind in einem harten Winter gestorben. Wir fünf sind hier auf der Insel wie Geschwister groß geworden. Wir wussten, wer wir sind und woher wir kommen und dass wir die Insel nicht verlassen dürfen. Einmal die Woche, manchmal alle zwei Wochen sind die Schwestern aufs Festland gefahren und haben eingekauft, das war eigentlich immer das Schönste in der Woche, weil wir immer etwas mitgebracht bekommen haben. Wir wurden unterrichtet und es hat uns an nicht viel gefehlt.« Belinda beendet Sofias Satz in Gedanken. Außer an Liebe.

»Vor einem Jahr gab es einige … böse Vorkommnisse, wir sind jetzt nur noch zu dritt, Petro, Emilia und ich und keiner von uns hat vor, den Familias Ärger zu machen, also falls das eure Sorge sein sollte ...« Belinda sieht zu der zarten jungen Nonne. Wieso hat sie nicht gleich gesagt, dass sie eines der verstoßenen Kinder ist?

Nun ergreift Camilla nach langer Zeit mal wieder das Wort. »Wir denken nicht, dass ihr Ärger machen könntet. Wie schon erwähnt werden die Familias angegriffen, es passieren merkwürdige Dinge, Leute werden ermordet, es gehen Bomben hoch, keiner ist wirklich sicher, als hätte jemand es darauf angelegt, beide Familias zu vernichten. Deswegen suchen wir einfach nach allen möglichen Verbindungen, die beide Familias haben, und die verstoßenen Kinder sind natürlich die stärkste Verbindung von damals. Wir wussten aber nicht, wo ihr genau seid und ob überhaupt noch welche von euch hier sind.«

Nicht nur Belinda hat gemerkt, dass sich Emilia und Sofia verzweifelte Blicke zugeworfen haben, Suela fährt fort. »Wisst ihr vielleicht etwas darüber, über diese Angriffe? Es waren Bomben, mehrere Personen wurden grausam umgebracht, irgendwie war jedes Mal ein Affe dabei, der ...« Nun keucht Emilia entsetzt auf und steht schnell auf, um aus einer Truhe in einer hinteren Ecke mehrere der Affen zu ziehen, die ihnen allen eine Gänsehaut verursachen. Sie schaltet sie ein. »LA FAMILIA! LA FAMILIA!«

Camilla springt auch panisch auf. »Schalte das ab! Woher habt ihr die? Also habt ihr doch etwas damit zu tun?« Emilia ist auch so sehr blass, doch nun ist sie kreidebleich. »Nicht wir! Auch wir hatten dieses Böse nicht mehr im Griff. Es tut uns leid, aber das wird nicht zu stoppen sein.«

Erst nachdem sie die Affen zurück in die Box gelegt hat, setzt sich Camilla wieder, doch nun liegen alle Nerven blank und Sofia sieht sie verzweifelt an.

»Wir alle sind vielleicht etwas Bösem entsprungen, doch bei einem unserer Brüder hat man das auch immer gemerkt. Er war schon von klein auf anders … so aggressiv. Er hat alle Tiere getötet und uns alle regelmäßig verprügelt. Wenn uns Geschichten über unsere Familien erzählt wurden und immer wieder erklärt wurde, wieso wir nicht von der Insel durften, ist er jedes Mal ein Stück wütender geworden und hat gesagt, dass er sich für alles eines Tages rächen wird.

Je älter er wurde, umso schlimmer wurde das Leben mit ihm. Wir haben diese Affen und auch Bären für andere Kinderheime hergestellt, so haben wir etwas Geld verdienen können und angefangen, dieses Dorf aufzubauen. Davor haben wir ja alle im Kloster gelebt, doch wir wollten in diesem Dorf neue Waisenkinder aufnehmen und ihnen ein Zuhause geben, das weder wir noch sie jemals hatten.

Unser Bruder hatte immer nur die Gedanken der Rache, er ist handwerklich sehr geschickt und kann die schönsten dieser Affen herstellen, doch oft hat er stattdessen Bomben gebaut, Sprengfallen, Waffen hergestellt, wir haben immer mehr Angst bekommen.

Vor einigen Monaten ist dann alles eskaliert. Schwester Novida hatte schon immer ein ganz besonderes Auge auf ihn, da sie ihn bereits als Baby versorgt hat, ihn hat sie damals aus dem Krankenhaus mitgenommen und sich nur seinetwegen dazu entschlossen, uns alle aufzunehmen. Die beiden hatten einen großen Streit, als sie ihn dabei erwischt hat, wie er gerade an einer neuen Bombe gebastelt hat.

Unser Bruder ist unberechenbar, er kann sich nicht gut ausdrücken, er stottert und ist geistig ein wenig zurückgeblieben, in anderen Bereichen ist er dafür aber so begabt, dass es schon an Wahnsinn grenzt. Schwester Novida hat ihn immer geschützt, gesagt, dass es daran liegt, dass seine Mutter damals starke Tabletten genommen hat. Er wusste auch, dass sich seine Mutter wegen ihm vom Krankenhausdach gestürzt hat, all das hat ihn wahnsinnig werden lassen und im Streit hat er eine ätzende Flüssigkeit in das Gesicht der Schwester geschüttet. Ihr habt sie ja heute gesehen …

Meine beiden anderen Brüder wollten ihn aufhalten, Petro hat er verletzt, unseren ältesten Bruder hat er mit einem Messer erstochen, ohne eine Sekunde zu zögern. Das war das letzte Mal, dass wir etwas von ihm gehört oder gesehen haben. Emilia hat beobachtet, wie er ins Meer gerannt ist, um von der Insel wegzukommen.

Wir wussten nicht, ob er überlebt hat, er muss sich beim Kampf mit seinen Brüdern den rechten Arm gebrochen haben, er war vollkommen ausgekugelt und er hatte von früher eine tiefe lange Narbe über der Nase gehabt, die wieder zu bluten begonnen hat, deswegen war nicht einmal sicher, ob er es ans andere Ufer schaffen würde, wir haben aber den Schutz um die Insel verstärkt, damit er nie wieder herkommen kann. Wir haben wirklich Angst vor ihm, ihm ist alles zuzutrauen, und wenn er hinter euch her ist, solltet ihr so schnell wie nur möglich das Land verlassen.«

Belinda kann kaum denken, sie weiß nicht, ob sie Angst haben soll oder erleichtert sein kann, weil sie jetzt wissen, wer hinter alldem steckt, plötzlich ergibt fast alles einen Sinn. »Benjamin ist von Grund auf böse!«

Camilla schüttelt den Kopf. »Der Gärtner, den ich dabei erwischt habe, wie er ein Mitglied der Los Puentes ermordet hat, hieß Benjamin, aber er hat einen anderen Mann umgebracht, um seine Identität zu übernehmen.« Sofia lacht bitter auf und streicht sich über die Arme. »Das passt zu ihm, er würde nie seinen Namen ändern, wahrscheinlich hat er lange gesucht, um einen anderen Benjamin zu finden.«

»Aber alle dachten, dass nur eine andere Familia so handeln kann. Woher weiß er, was er tun muss, um alle zu verwirren?« Emilia beißt sich unruhig auf die Unterlippe. »Er hat immer versucht, alles über die Familias und die Familien der Los Puentes und der Cinco Sombras zu erfahren, er war besessen davon und wird sich auf dem Festland sicher einiges erzählt haben lassen.«

Belinda schüttelt den Kopf, der Mord bei den Los Puentes, das Paket bei ihnen, Adrians Mord, die Bombe bei Vidal, all das war ein Mann. Aber wenn sein Hass so groß ist, wird er dazu in der Lage sein. Herrgott, wie können sie diesen Benjamin stoppen und was hat er als nächstes vor?

»Habt ihr ein Bild von ihm, ich weiß ja, wie er aussieht.« Camilla ist auch ganz blass, Suela sagt kein Wort mehr und April sieht gebannt zu allen. Sofia kramt in einer Schublade und reicht ihnen einige Bilder. Sie gibt sie Camilla, Suela und Belinda sehen sie sich ebenfalls an, als Camilla ein leises »das ist er, das ist der Mann. Ich werde diesen Anblick nie wieder vergessen« stammelt, kann auch Belinda mehr erkennen.

Es sind Millisekunden, in denen sich alles ändert.

Belinda springt auf und ringt nach Atem, nur damit sich alles zu drehen beginnt und April auch aufspringt und sie stützt. »Was ist los, Belinda, kennst du ihn?« Belinda reißt Camilla die Bilder aus den Händen, sie muss sich täuschen, doch auch jetzt lächelt ihr dieselbe Person vom Bild entgegen.

Sie bekommt keine Luft mehr, spürt nun auch Camillas Hände an sich, doch sie starrt weiter in das Gesicht des Mannes, der auf dem Friedhof ihrer Familia arbeitet. Der Mann, in den sich Alena verliebt hat und bei dem sie genau jetzt ist.

B. ist Benjamin und er hat Alena.

»Hol noch was zu trinken, Belinda, was ist los?«

Belinda spürt, wie ihre Wangen nass werden, doch sie ignoriert all das und greift nach ihrem Handy, dabei entfährt ihr nicht mehr als ein panisches Krächzen.

»Alena!«

Kapitel 4

Santos wählt die letzte Nummer seiner Liste.

Er hat das Gefühl, total neben sich zu stehen, sein erster Gedanke war es, sofort hinter Lilly nach Frankreich herzureisen, er muss mit ihr reden. Sie liebt ihn noch genauso, wie er sie liebt, deswegen hat sie auch kein Recht, allein darüber zu bestimmen, wie es zwischen ihnen weitergeht, zumindest nicht, ohne dass sie sich noch einmal darüber unterhalten haben.

Doch am Flughafen hat Santos dann begriffen, dass er überhaupt nicht weiß, wo er nach Lilly suchen soll. Er erinnert sich an das Dorf, aus dem Lilly und ihre Mutter ursprünglich kommen, doch da ist weit und breit keine Uni. Lilly muss sich in einer Großstadt eingeschrieben haben und dort auf dem Gelände leben, so hatte er es auch mal von anderen gehört, doch er weiß nicht wo und Frankreich ist nicht gerade klein.

Also ist er zum Laden gefahren. Sein Vater, der sich um den ganzen Rest kümmern wollte, hat leider schon ganze Arbeit geleistet. Es gibt weder in dem Laden, der gerade neu saniert wird, noch in der alten Wohnung von Lilly und der Mutter irgendeinen Hinweis darauf, wo Lilly sein könnte.

Er hat alles durchsucht und dann gestern alle Unis in und um Paris herausgesucht, weil er sich daran erinnert hat, dass Lilly manchmal von der Stadt und einer bestimmten Uni dort geschwärmt hat. Damals war es ihr Traum, dort zu studieren, doch sie hätte das niemals getan, niemals von allein Santos verlassen, wäre all das nicht passiert. Hätte er nicht ohne Verstand ihre Gefühle verletzt, hätten sich ihre Wege niemals getrennt.

Immer wieder erscheint ihm Nachos Gesicht vor seinem inneren Auge, er weiß nicht, ob er damit leben kann, es haben alle mitbekommen, er muss sich vor allen die Blöße geben, dass er trotz allem Lilly noch liebt, auch wenn sie ihn vor allen betrogen hat.

Doch egal was ist, so wird er weiterhin nicht klarkommen, sie müssen sich zumindest unterhalten, aussprechen und zusammen entscheiden, was passieren soll.

Es ertönt ein Freizeichen. Es ist ganz still in der Cuidad, er hat die ganze Nacht nicht geschlafen und sofort um acht mit den Telefonaten angefangen. Er wird sicherlich der Einzige sein, der so früh schon auf ist. Seine Anrufe haben bisher nichts gebracht, entweder die Sekretärinnen haben ihm genervt erklärt, dass sie keine Auskünfte darüber geben dürfen, welche Personen bei ihnen eingeschrieben sind und welche nicht, oder sie sind nach einer Weile und Santos' Bitten eingeknickt und haben nachgesehen, aber auf all denen ist Lilly nicht. Nun hat er genau sieben Unis, die ihm das nicht sagen wollten, er ruft gerade die letzte an.

Eine Sekretärin meldet sich und Santos fragt nach, ob Lilly bei ihnen studiert. »Wir dürfen darüber keine Auskünfte geben.« Santos verdreht die Augen. »Ich habe keinen Anschlag vor, ich muss nur wissen, ob sie bei Ihnen eingeschrieben ist, mehr nicht. Ich will keine Kurspläne oder sonst etwas wissen, es ist ein Notfall.« Die Sekretärin lacht leise gehässig auf. »Das ist es doch immer, wie gesagt, wir ...« Santos hat keine Geduld mehr.

»Wenn Sie mir die Auskunft geben, werde ich heute noch einen großzügigen Scheck ausstellen, auf dem Ihr Name steht.« Ein kurzes Schweigen, dann wieder dieses gehässige Lachen. »Ich kenne diese Vorwahl nicht, von wo rufen Sie an?« Santos setzt sich auf die Couch. Der wenige Schlaf der letzten Nächte setzen ihm langsam zu. »Puerto Rico, wieso?« Die Frau räuspert sich kurz, als würde sie so ein erneutes Auflachen verhindern wollen.

»Wissen Sie, wir sind hier in Europa, so läuft das bei uns nicht. Hier gibt es Datenschutz und wenn ich Geld von Ihnen nehme, mache ich mich strafbar, aber ich habe einen guten Tipp für Sie ...« Santos ahnt schon, dass er auflegen sollte. »Wenn Sie nicht wissen, ob diese Lilly hier studiert oder nicht, wird das doch vielleicht seinen Grund haben, oder nicht?«

Santos flucht, beendet das Gespräch und wirft sein Handy sauer neben sich auf die Couch. Diese dumme ... als hätte er nach ihrer Meinung gefragt. In ihm kocht es, er hat keine andere Wahl, er wird nach Frankreich fliegen müssen, um wenigstens die Universitäten, bei denen er nicht weiß, ob sie da ist oder nicht, abzufahren. Es sind jetzt immerhin nur noch acht, aber ansonsten wird er keine Ruhe finden. Santos knackt seine müden Knochen, er kann im Flugzeug schlafen, er ...

Sein Handy klingelt, vielleicht hat es sich die Sekretärin doch nochmal überlegt, doch es ist eine Nummer von hier, die er nicht kennt, eine Festnetznummer. Santos nimmt ab, wer ruft so früh an? Es knistert und er versteht nichts, doch er hört Belindas Stimme und die Wortfetzen, 'keiner geht an das Handy'. Seine Schwester scheint zu weinen.

»Belinda, was ist los? Wo steckst du? Geht es dir gut?« Seine Brust schnürt sich augenblicklich zu, genau wie auch bei seinen beiden anderen Brüdern hat Belinda sich sofort einen Platz in seinem Herzen reserviert. Auch wenn sie sich erst ein paar Wochen kennen, ist sie schon ein fester Teil ihrer Familie. Er versteht sie immer schlechter, das Rauschen wird immer stärker, auch wenn sie vom Festnetz anruft, muss sie irgendwo sehr abgelegen sein, wenn der Empfang so schlecht ist. »Alena ... Santos, wichtig, kommt alle zum Hafen ...«

Santos hört, wie sehr seine Schwester weint. »Belinda verdammt, ich verstehe dich nicht, was ist los? Wann sollen wir zum Hafen kommen?« Er muss sich das Handy vom Ohr weghalten, so stark ist das Rauschen und nach den Worten 'sofort' und 'Schiff' ist die Verbindung ganz weg. Santos sieht ratlos auf sein Handy, doch sein unruhiges Bauchgefühl lässt ihn sich seine Waffe schnappen und zu Alejandro hinübergehen.

Sie rennen zum Strand, Belinda kann nicht mehr klar denken. Nachdem alle begriffen haben, was los ist, haben Emilia und Sofia sie zurück zum Kloster gebracht, wo sie aus einem Büro mit dem einzigen Festnetztelefon versucht haben, jemanden zu erreichen, da es ja keinen Handyempfang auf der Insel gibt. Belinda hat nur Santos erreichen können, bei allen anderen war das Handy aus oder sie haben nicht abgenommen, weil sicherlich alle noch schlafen. Camilla hat dann auch nach mehreren Versuchen Dante aus dem Bett geholt, doch weder Santos noch Dante scheinen sie wirklich verstanden zu haben.

Sie müssen zurück, sofort. Deswegen rennen sie jetzt alle zum Strand zurück, Emilia fährt mit dem Fahrrad hinterher, Sofia und Suela rennen vorneweg. Belinda kann die Tränen, die ihre Augen verlassen, nicht stoppen, sie will sich nicht einmal vorstellen, was Benjamin mit Alena machen will, sie kann nur hoffen, dass sie sich täuscht. Sie haben als erstes probiert, auf Alenas Handy anzurufen, doch es war abgeschaltet. Sie müssen zu dem Hotel, was sie gemietet hat, vielleicht finden sie sie dort. Sie kann nur beten, dass sie sie finden und dass noch nichts passiert ist, jede Minute zählt.

»Belinda, pass ...« Belinda stürzt. Sie ist über eine Baumwurzel gefallen, ihr Bein schmerzt sofort, sie blutet. Ihr Knie und das Schienbein sind aufgeplatzt, auch ihre Hände sind beim Versuch, sich abzustützen, zerschrammt worden, doch Belinda versucht sofort, sich wieder aufzurappeln. Sie müssen los, Sofia hält ihr die Hand hin und hilft ihr auf. Belinda nickt dankbar und sie rennen alle sofort weiter. Emilia und Sofia kennen sie kaum und haben jeden Grund der Welt, sie zu hassen, doch sie helfen ihnen, weil sie wissen, wie gefährlich Benjamin ist und die Angst in ihren Augen, wenn es um ihn geht, lässt Belinda das Blut in den Adern gefrieren.

Sie wollen gerade zum Steg, als sie eine tiefe Männerstimme hören. »Wohin?« Sie alle wirbeln zu der Seite herum, wo aus dem dichten Wald Petro herauskommt. »Benjamin lebt. Er hat die Familias gefunden und schon viel Unheil angerichtet. Jetzt hat er jemanden in seiner Gewalt, wer weiß, was er mit ihr vorhat.« Petro tritt zu ihnen und deutet zum Meer. »Dann sollen sie wieder fahren, sie haben ja jetzt alle Fragen beantwortet bekommen.«

Emilia stellt sich zu Petro. »Ich wünsche euch viel Glück, ich hoffe, dieser Alena passiert nichts.« Belinda hat nicht die Zeit, darüber nachzudenken, sie müssen los, alles andere müssen sie später klären. »Ich begleite sie, wenn jemand Benjamin kennt, dann wir. Wir wissen, wie er tickt und es geht um das Leben eines Menschen.« Sofia tritt zum Steg, sie will sie begleiten. Belinda ist es egal, sie müssen los, sofort!

»Du weißt ganz genau, wie gefährlich er ist, du solltest die Insel nicht verlassen. Was interessieren dich diese Leute, sie haben sich auch niemals für uns interessiert. Ich lasse nicht zu, dass er noch jemanden von uns verletzt oder wieder tötet.«

Petro erinnert Belinda unheimlich an Roman, wenn er so wütend ist. »Petro hat recht, wer weiß, was dich dort erwartet, bleib hier. Sie werden sich schon zu helfen wissen, ich bin mir sicher, sie schaffen es auch ohne dich.« Auch Emilia ist dagegen. Belinda steigt in das Boot, April ist schon drin und hilft ihr, ihr Bein brennt immer stärker. Suela macht das Boot vom Steg los und Camilla steigt auch ein.

»Es ist deine Schwester, Petro, die er hat.« Belinda weiß nicht, ob das wieder falsch ist, doch sie kann nicht anders. Petro versteift sich sofort wieder und Emilia legt ihre Hand auf seinen Arm, während Sofia zu ihnen ins Boot steigt. »Sobald ich etwas weiß, melde ich mich im Kloster, ich habe die Nummer. Mir passiert schon nichts, passt gut auf die Schwestern auf. Ich melde mich.«

Suela springt noch ins Boot und sie starten sofort und nehmen Kurs auf den Hafen. Belinda streicht ihre Tränen weg und hält ihr Handy hoch, in der Hoffnung, dass sie langsam Empfang bekommt. »Lieber Gott, bitte mach, dass es Alena gut geht.«

Manchmal werden Minuten zu Stunden, Belinda kann sich auf nichts mehr konzentrieren, sie bekommt nur nebenbei mit, wie Camilla und Suela Sofia noch einmal genau erzählen, was alles passiert ist, während April bei Belinda vorn am Boot steht. »Es wird bestimmt alles gut. Sie ist erst ein paar Stunden bei ihm, vielleicht sind sie wirklich noch in dem Hotel oder essen gerade etwas oder … irgendetwas.« Wahrscheinlich weiß April, wie gering die Chance ist, dass sie recht hat, doch auch Belinda kann sich nur an diese Hoffnung klammern, alle anderen Gedanken will sie gar nicht zulassen.

Der Hafen erscheint in ihrem Blickwinkel und so langsam bekommt ihr Handy auch wieder Empfang. Sie versucht es erneut bei Alena, doch noch immer ist das Handy aus. »Wir müssen dein Bein verbinden und du solltest einen Arzt draufsehen lassen.« Belinda steckt ihr Handy in ihre Kapuzenjacke. »Wir müssen Alena finden, alles andere ist unwichtig.«

Sie alle tragen nur Shorts, Shirts und leichte Jacken dazu, auch ohne sich abzusprechen, wussten sie, dass diese Kleidung am vorteilhaftesten für ihr Vorhaben sein wird. Dass sie durch den Wald rennen müssen, war natürlich nicht mit eingeplant, sonst hätte Belinda sich eine lange Hose angezogen und sich nicht ganz so schlimme Schürfwunden zugezogen.

Je näher sie dem Hafen kommen, umso mehr erkennen sie. Es ist noch früh und nicht viel los. Belinda erinnert sich, dass Alena erst noch ein wenig am Hafen warten wollte, bevor sie zum Friedhof aufbricht, vielleicht haben sie wirklich noch Glück und finden sie irgendwo.

Genau in dem Moment erkennt Belinda die typisch schwarzen Jeeps ihrer Familia, die angerast kommen. Sie halten und steigen aus. Ihre Tränen vermehren sich, als sie Alejandro, Santos, Ponce, Roman und Suerte sieht, die mit zwei weiteren Männern aus drei Autos steigen und sich umsehen. Natürlich denkt keiner von ihnen daran, dass sie vom Meer kommen und somit sieht sie auch noch keiner, doch sie bemerken das Auto, das April und sie neben dem von Camilla und Suela vor dem Casitas abgestellt haben.

Um nicht zu auffällig zu sein, haben sie extra ein anderes Auto genommen als das, was sie sonst immer benutzen, trotzdem erkennen es ihre Brüder und Cousins natürlich sofort. Sie kommen immer näher und Belinda sieht sich nun auch ganz genau im Hafen um, sie hat die Hoffnung, Alena doch noch hier zu entdecken, doch sie sieht sie nirgendwo.

»Oh Mann, das wird ja etwas.« Suela steuert die Haltestelle an, wo sie ihr Boot wieder abgeben müssen, da entdeckt Ponce sie. »Was zur …« Im gleichen Augenblick rasen zwei Autos der Los Puentes heran, auch Dante scheint verstanden zu haben, dass etwas nicht stimmt.

Er steigt aus, genauso wie Vidal, Aaron, Elian und Cuca. Sie sehen wütend zu den Cinco Sombras. »Was zur Hölle soll der Scheiß, was macht ihr hier, wo ist Camilla?« Bevor Alejandro, der genauso wütend wie Dante wirkt, diesem antworten kann, deutet Ponce zum Wasser, wo sie gerade anlegen und an Land kommen. »Das sollten wir sie wohl selbst fragen.«

Für einige wenige Augenblicke scheinen sie alle zu vergessen, dass sie neben ihren größten Feinden stehen. Sie alle wenden sich zu ihnen um und sehen sie entgeistert an. Belinda ist sich bewusst, dass sie ein merkwürdiges Bild abgeben müssen, sie alle dachten ja auch, dass sie in einem Wellnesshotel sind. Fast zeitgleich spürt sie Alejandros und Vidals Blick auf sich, auf ihrem blutenden Bein und ihrem verweinten Gesicht.

»Was ist hier los? Was ist passiert und wer sind die beiden?« Alejandro reagiert am schnellsten wieder und sieht sich Belindas Bein an, während sie alle zu den Männern treten. »Das ist Dantes Schwester, wir waren … wir hatten geplant, einigen Sachen auf den Grund zu gehen und sind einigen Spuren nachgegangen.« Belinda versucht sich zu sammeln und trotz der immer noch laufenden Tränen alles zu erklären, dabei blickt sie sich aber immer wieder um, ob sie Alena nicht doch irgendwo entdecken kann.

»Was für Spuren und wieso bist du verletzt? Wie kommt ihr nur auf solche Ideen?« Vidal ist auch sehr wütend und merkt wahrscheinlich nicht einmal, dass er so offen mit ihr vor ihren Brüdern spricht, aber auch die sehen sie immer noch völlig fassungslos an.

»Wer war das? Du musst zum Arzt. Fehlt dir etwas?« Alejandro sieht erst zu Belinda und dann zu April, auch ihrer besten Freundin sieht man den Schock an, nur Suela bewahrt noch die Nerven und wendet sich an alle.

»Wir sind auf die Insel gefahren und haben nach den verstoßenen Kindern gesucht und sie auch gefunden und ...« Dante tritt auch immer näher. »Seid ihr wahnsinnig?« Suela lässt sich davon nicht beeindrucken. »Wir mussten doch etwas tun, all die Sachen, die in letzter Zeit passiert sind ... wir wussten, dass jede Familia die andere für diese Geschehnisse verantwortlich macht und dass ein neuer Krieg bevorsteht, also mussten wir allen Spuren nachgehen und wir hatten recht.«

Vidal wollte gerade etwas sagen, stockt aber noch einmal. »Das ist Sofia, sie ist eines der Kinder, die damals weggegeben wurden, auf der Insel haben wir noch Emilia und Petro getroffen und von Benjamin erfahren, der komplett wahnsinnig ist und für alles was passiert ist verantwortlich ist.« Santos reibt sich die Augen, Belindas Bruder sieht sehr müde aus. »Das ist doch Unsinn, wie soll einer für all das verantwortlich sein und wieso? Was gehen uns diese Kinder an?«

Belinda hat keine Zeit für lange Erklärungen. Während Suela alles weiter erklärt, versucht sie erneut, Alena zu erreichen. »Camilla hat ihn auf den Bildern erkannt, er war schon immer besessen davon, sich zu rächen und wir alle haben etwas damit zu tun! Wir alle! Wir haben die Affen gesehen, es ist ganz sicher, dass er für all das verantwortlich ist und nicht nur das ...«

Wieder ist das Handy aus und Belinda lässt verzweifelt ihre Arme herunter. »Er hat Alena!«

Kapitel 5

»Was ist mit Alena? Wo ist sie überhaupt, sie sollte doch bei euch sein?« Das erste Mal reagiert Roman.

Belinda atmet tief ein, auch wenn sie keine Zeit haben und Alena suchen müssen, muss sie alles erklären, damit alle Bescheid wissen. Sie versucht sich zusammenzureißen, damit alle sie verstehen, als sie von dem Plan erzählen und wie Alena Benjamin kennengelernt und sie darum gebeten hat, dass sie sich mit ihm treffen möchte. Bei jedem Wort sieht sie, wie ihre Brüder und Cousins immer mehr versteinern, als sie begreifen, was passiert ist und dass dieser verrückte Psychopath wirklich Alena hat.

»Seid ihr alle ...« Roman ist außer sich, Belinda beginnt wieder zu weinen und auch April neben ihr reibt sich die Stirn. »Wir müssen jetzt einen klaren ...« Doch Alejandro sieht vernichtend zu Belinda. »Wie konntest du sie zu ihm lassen? Ihr habt uns alle angelogen, um irgendeinen Scheiß zu versuchen und gemeinsame Sache mit den verfluchten Puentes zu machen. Wo ist das Hotel? Wo finden wir diesen Dreckskerl jetzt?«

Belinda zuckt einen Moment zusammen, so laut wie Alejandro sie angeht. Camilla stellt sich augenblicklich zu ihr und sie spürt auch, wie Vidal und die anderen, die sich eigentlich zurückgehalten haben, jetzt, wo klar ist, dass jemand von den Cinco Sombras vermisst wird, näher zu ihr rücken.

Bevor etwas Ungewolltes eskaliert, sieht sie Alejandro in die Augen. »Wir haben doch herausgefunden, wer hinter all dem steckt. Denkst du, ich wusste, dass er es ist? Ich hätte doch Alena sonst niemals dahin gelassen.« Belinda erkennt, dass ihre Worte momentan nicht zu ihrer Familie durchdringen und es ist auch nebensächlich, sie müssen Alena finden. Sie nennt die Adresse und geht selbst schnell zum Auto, sie müssen Alena finden, jede Minute zählt.

April steigt neben ihr ein, sie hört noch, wie Camilla und Suela ihr zurufen, dass sie hier am Hafen sicherheitshalber noch einmal alles absuchen, doch sie kann kaum noch auf etwas reagieren. Allein die Vorstellung, dass Alena bei diesem Verrückten ist und er ihr genau in diesem Moment etwas antut, lähmt sie, die Angst macht sie blind für alles um sich herum.

Sie rast hinter den Autos ihrer Brüder und Cousins her, doch dann bremst sie scharf ab und wendet in Richtung Friedhof. Vielleicht sind sie noch da, vielleicht wurde Alena aufgehalten und sie treffen sich erst jetzt da, oder es kann sonst etwas passiert sein, sie müssen überall nachsehen. April neben ihr fragt, was sie vorhat, doch Belinda kann jetzt nicht reden.

Sie hält schlitternd auf dem Kiesweg vor dem Friedhof und springt aus dem Wagen, sie schließt noch nicht einmal die Tür hinter sich, doch als sie zum Grab von Adrian kommt, ist der Friedhof komplett leer, keine Spur von Alena. Belinda entdeckt auf einer weißen Bank am Grab die hellbraune Strickjacke, die Alena heute früh noch getragen hat, weil es so früh noch etwas kühler war.

Belinda hebt das dünne Jäckchen auf und riecht daran, es trägt noch Alenas blumigen Duft an sich. »ALENA!« Belinda blickt sich um, doch sie sieht nur, wie April langsam auf sie zukommt. »ALENA!« Vielleicht ist sie doch irgendwo hier. »Sie ist nicht da, Belinda, lass uns zum Hotel fahren, vielleicht sind sie dort.«

Belinda nickt und drückt die Strickjacke an ihr Herz. April legt auf dem Rückweg zum Auto den Arm um sie. »Wir werden sie finden.« Belinda muss daran denken, dass Alena Benjamin auf dem Friedhof getroffen hat, am Grab von Adrian, den er ein paar Tage vorher getötet hat. Wie krank ist dieser Mensch bloß?

Sie steigen ins Auto und fahren los. Ihr Handy klingelt, Vidal, doch sie ignoriert es, eine Nachricht von Camilla, dass Suela und Sofia mit ihr am Hafen nach Alena suchen, trifft auch gerade ein. Belinda sieht auf dem Weg zum Hotel ganz genau auf die Straßen, an denen sie vorbeifahren, ob sie Alena irgendwo erkennen kann, doch nirgendwo ist eine Spur von ihr.

Im Hotel müssen sie gar nicht erst suchen, ihre Brüder, Roman und Suerte stehen vor dem Hotel und sprechen mit Leuten, die in zwei weiteren Geländewagen ihrer Familia vor dem Hotel stehen. Als sie aussteigen, erkennt Belinda, dass Levi und einige andere Männer drin sitzen.

»Und, ist sie da?« Belinda hört selbst, wie verzweifelt und hoffnungslos sie sich anhört. Alle wenden sich zu April und ihr um und Belinda erkennt sofort die Veränderung dabei, wie ihr plötzlich alle gegenüberstehen. »Sie war nicht einmal hier.« Alejandro ist stinkwütend. Roman kommt zu ihr und nimmt ihr die Strickjacke aus der Hand. »Was ist das?«

Belindas Kopf dreht sich, sie ist nicht im Hotel, nicht auf dem Friedhof, was machen sie jetzt? Wo können sie noch suchen? »Belinda, verdammte Scheiße, was ist das? Denkst du, das alles ist ein Spaß hier?« Belinda zuckt zusammen. »Beruhige dich mal, du siehst doch, dass sie vollkommen fertig ist.« April legt den Arm um sie. Was auch sein mag, ihre beste Freundin wird immer hinter ihr stehen.

»Das sollte sie auch, meine Schwester hat so etwas nie getan, kaum ist Belinda da, passiert so etwas. Wir alle kennen Alena, sie hat nie solche heimlichen Aktionen gemacht.« Belinda schluckt, doch April lässt das nicht zu. »Das ist nicht fair, das konnte doch niemand ahnen und deine Schwester ist ...« Roman ist vollkommen am Ausrasten. »Ich bete für alle hier, dass sie noch ist und dass niemand ihr auch nur ein Haar gekrümmt hat.«

Belinda sucht den Blick ihrer Brüder, doch keiner beachtet sie, alle sind wütend und aufgebracht. »Ich war auf dem Friedhof, wo sie ihn treffen wollte, da lag nur die Strickjacke.« Roman schließt einen Augenblick die Augen, er wirkt so verzweifelt, wie sich Belinda fühlt, sie würde ihn am liebsten in den Arm nehmen, doch er würde sie wahrscheinlich von sich stoßen.

»Wir finden sie, Roman, wir alle lieben sie über alles und wir werden sie finden und diesen verfluchten Bastard töten. Reiß dich zusammen, ihr wisst Bescheid, sucht alles ab!« Alejandro klopft auf die Dächer der beiden Autos, die sofort Gas geben. »Soll ich Papa und die anderen anrufen?« Santos hat schon sein Handy in der Hand.

Belindas Vater, Rehan, Ignacio und Alenas und Romans Mutter sind gestern für einige Tage nach Europa geflogen. Belindas Vater möchte dort einige Geschäfte auflösen und neue abschließen und Alenas Mutter begleitet sie, um Freunde zu besuchen. »Nein, sie sollen gar nichts erfahren, erst einmal. Wir finden Alena und bringen das alles zu Ende, dann können sie davon erfahren. Alle verteilen sich ...«

Belinda fällt noch etwas ein. »Alena hat erzählt, dass er hier in der Nähe ein Haus hat.« April holt ihr Handy heraus. Auch wenn sie alle vorhin keinen Empfang hatten, haben April und Camilla sich nach all dem noch genug konzentrieren können und haben die Bilder von Benjamin abfotografiert, die sie jetzt Alejandro zeigt.

»Schick mir das, ich verbreite sie an alle Männer. Ich kenne ihn auf jeden Fall vom Sehen, ich habe den öfter am Hafen gesehen. Wegen seiner Narbe ist er mir immer aufgefallen. Dieser verfluchte ... Hier in der Nähe ist die Grenze zum Puentes-Gebiet ...« Belinda sieht auch nochmal auf das Handy und die Bilder, sie will April gerade sagen, dass sie losfahren, da bekommt sie eine Gänsehaut bei Alejandros nächsten Worten.

»Fahrt alle los, sucht jeden beschissenen Winkel hier ab, stellt alles auf den Kopf und wenn wir nichts finden, kommt das Puentes-Gebiet dran, scheiß auf irgendein Abkommen, wir finden Alena, egal wie.«

Alle nicken, Belinda stockt einen Augenblick, trotz all der Sorgen um Alena ist ihr bewusst, was da gerade passiert. Sie will sich an Alejandro wenden, doch alle verteilen sich bereits und lassen sie einfach stehen. »Die beruhigen sich schon wieder, lass uns losfahren. Hast du eine Idee, wo wir suchen können?«

Das hat Belinda nicht wirklich und sie glaubt auch nicht, dass sich ihre Familie wieder beruhigen wird, irgendwie haben sie ja auch recht, ohne sie wäre all das vielleicht nicht passiert. Aber sie kann jetzt auch nicht darüber nachdenken.

Sie fahren nochmal zum Friedhof und fragen die Verwalter, ob Benjamin dort eine Adresse angegeben hat, nur um zu erfahren, dass er niemals dort gearbeitet hat, was auch immer der Grund war, weshalb er so oft auf dem Friedhof war, gearbeitet hat er dort nie. Sie fahren nach Hause, wollen sich nur kurz frisch machen und weitersuchen, doch Belinda merkt das Auf und Ab aller Männer der Cinco Sombras. Kaum einer ist da und sie hat ein immer mulmigeres Gefühl. »April, iss etwas und ruhe dich kurz aus, ich erledige etwas und bin bald zurück.«

Belinda weiß, dass April das nicht gutheißen wird, sie hört noch, wie sie protestieren möchte, doch sie geht schnell hinunter, nimmt den BMW, den sie sonst immer fährt und gibt Gas. Sie wird nicht auch noch April in Gefahr bringen und sie weiß genau, wie gefährlich das wird, was sie vorhat. Auch wenn sie schnell fährt, achtet sie auf alle Personen auf den Straßen, immer wieder sieht sie die Autos der Familia, alle sind auf den Straßen unterwegs. Ihr Handy hat sie schon eine Weile auf leise gestellt, weil immer wieder jemand versucht hat, sie zu erreichen.

Ihr Magen knurrt, doch sie ignoriert es, ein Blick auf die Uhr verrät ihr, dass es schon später Nachmittag ist, bald geht die Sonne unter. Benjamin hat Alena schon viele Stunden bei sich, wer weiß, was er jetzt gerade mit ihr tut. Belinda denkt an ihre schöne Cousine und wieder fließen ihr die Tränen die Wangen herunter, Roman und die anderen haben absolut recht, sie hätte das niemals zulassen dürfen.

Ohne zu bremsen rast Belinda auf das Gebiet der Los Puentes. Sie weiß, was sie riskiert und es dauert auch nicht lange, da verfolgen sie einige Wagen, die zu den Los Puentes gehören. Einer will sie ausbremsen, doch als er sie erkennt, greift er zum Handy. Mittlerweile kennen sie ja viele vom Hafen und durch Camilla. Belinda kann sich vorstellen, wen er anruft und auch, dass sie hier gerade einen Fehler begeht, doch es geht um Alenas Leben, alles andere zählt nicht.

Es dauert einige Zeit, bis sie bei der Cuidad der Puentes ankommt, sie war ja erst einmal da, trotzdem findet sie den Weg noch. Im Schlepptau hat sie fünf Wagen der Familia.

Die Wachen am Tor sehen wütend in ihr Auto, winken sie aber durch. Das bedeutet, Vidal muss Bescheid wissen, sonst würde man sie hier niemals hereinlassen, nicht als Tochter des Anführers der Cinco Sombras. Sie hält gleich am Anfang und steigt aus. Es ist still, die paar Männer, die auf den Straßen der Cuidad sind, sehen sie verwundert an, doch Belinda ignoriert das.

Sie kommt an der Stelle vorbei, wo die Bombe hochgegangen ist. Sie sieht auf das zerstörte Haus und dann zu Vidals Haus. Er kommt gerade vor die Tür. Natürlich weiß er, dass sie da ist und er ist wütend, wütend sicher darüber, dass sie hergekommen ist, dass sie ihn belogen hat und zu der Insel gefahren ist, wütend wegen so vielem und er hat recht.

Aber egal wie wütend er zu ihr sieht, wie gefährlich und falsch das alles ist, als Belinda ihm in die Augen blickt, kommt all das wieder in ihr hoch, aber bevor sie noch stärker zu weinen beginnt, geht sie schnell zu ihm. Sie muss ein erbärmliches Bild abgeben, sie hat sich weder umgezogen, noch etwas gegessen, nicht einmal ihre Wunden hat sie verbunden. Vidals Blick gleitet über sie und wird wütender.

Es ist ein inneres Gefühl, ein Wissen, was sie nicht beschreiben kann, egal wie wütend Vidal ist, Belinda ist sich seiner ganz sicher und behält recht. Als sie zu ihm geht und vor ihm steht, schließt er sie fest in seine Arme, obwohl sie nicht hier sein dürfte, obwohl ihn jetzt hier jeder mit ihr sehen kann, trotz der Lügen und dem, was Belinda getan hat.

Sein vertrauter Geruch umhüllt sie, als er sie fest an sich drückt. Er zittert sogar leicht vor Wut, doch trotzdem ist er für sie da und bringt sie in sein Haus, als er spürt, wie sie immer stärker weint. »Komm schon, Süße, beruhige dich.« Belinda kann nicht, die Angst, dass Alena gerade jetzt leidet, schnürt ihr die Kehle zu.

Vidal schließt die Tür, als sie beide im Haus sind, dann nimmt er sie wieder in den Arm. Belinda fühlt sich bei ihm geborgen, es ist ein anderes Gefühl als das, was sie hat, wenn sie bei ihrer Familie ist, aber nicht schwächer, gleichwertig, aber anders und doch genauso ungewohnt für sie.

»Was habt ihr bloß getan, Belinda? Wieso seid ihr einfach dorthin gegangen? Was sollen wir jetzt mit diesen Leuten tun? Suela und Camilla bringen diese Sofia gerade in ein Hotel im neutralen Bereich. Solange wir nicht genau wissen, wer sie ist, will ich sie nicht hier haben. Habt ihr deine Cousine gefunden?«

Belinda versucht sich zu fangen. »Wir mussten das tun, jetzt wissen wir, wer hinter all dem steckt. Ich bereue es so sehr, Alena mit diesem Psychopathen alleine gelassen zu haben, Vidal, ich weiß nicht, was ich tun soll. Er tut ihr vielleicht genau jetzt weh und ich bin schuld!« Belinda war das letzte Mal so aufgewühlt bei der Beerdigung ihrer Mutter, ihre Stimme zittert und Vidal schiebt sie ein wenig von sich, um ihr in die Augen zu sehen.

»Belinda, das ist nicht deine Schuld, hörst du? Wir reden hier nicht von einem kleinen Kind, deine Cousine hat alleine beschlossen, ihn zu treffen. Wir alle wurden viel zu lange von ihm reingelegt, wie solltet ihr ahnen, wer er wirklich ist? Gib dir bitte keine Schuld dafür und ich bin mir sicher, dass ihr sie finden werdet.«

Vidal streicht ihr liebevoll die Tränen weg. »Alle suchen sie bereits überall, aber das ist auch der Grund, warum ich hier bin ...« Vidal zieht ein wenig seine Stirn zusammen, dann umfassen seine Hände ihren Hinterkopf und er küsst ihre Stirn. »So gerne ich dich hier bei mir habe, weißt du doch, wie gefährlich es ist, einfach herzukommen.«

Belinda atmet tief ein und sieht ihm in die Augen.

»Vidal, ein Psychopath, der uns alle monatelang terrorisiert hat, wegen dem so viele Männer gestorben sind, hat Alena. Wer weiß, was er ihr antun will, jede Minute zählt. Meine Cousine hat mir gesagt, dass er ein Haus haben soll in der Nähe des Hotels, wo wir uns das erste Mal getroffen haben.

Ich weiß nicht, ob das stimmt, aber wir müssen allen Hinweisen nachgehen. Es kann gut sein, dass sie hier auf dem Puentes-Gebiet gefangen gehalten wird, sogar sehr gut, wenn dieser Benjamin schlau genug ist, weil er weiß, dass die Sombras hier nicht hin dürfen und dass es euch eigentlich nicht interessiert, was mit jemandem von ihnen passiert ...«

Vidal schließt einen Augenblick die Augen, als wüsste er, was kommt. »Vidal, sie ist meine Cousine und meine Brüder und Cousins werden so oder so auf dieses Gebiet kommen, wenn sie sie bei uns nicht finden ...« Vidals Gesicht verhärtet sich und doch ist er noch immer der schönste Mann, gerade diese Härte unterstreicht es auf merkwürdige Art noch mehr.

»Dann wird das Konsequenzen haben, sie dürfen nicht ...« Belinda hat keine Kraft mehr. »Die Konsequenzen sind egal, Vidal, du würdest doch das Gleiche tun, wenn jemand Suela oder eine deiner anderen Cousinen gefangen hält, das ist doch normal und doch kann das alles Tage dauern, Wochen, das Land ist zu groß, er könnte sonstwo sein.«

Vidal übergeht ihren eben geäußerten Kommentar, doch sie weiß genau, dass er das tun würde, jeder würde so handeln. »Wenn er wirklich so krank ist, wie diese Sofia erzählt hat, wird er in der Nähe bleiben, die Rache wird ihm noch nicht genug sein und er will sehen, wie sehr er alle quält und ist noch nicht fertig. Wahrscheinlich beobachtet er uns alle weiter ...« Belinda kann das nicht hören.

»Vidal, ich würde dich niemals um so etwas bitten, wenn es anders gehen würde, aber es geht nicht und ich bitte dich, mit uns meine Cousine zu suchen und meine Familie auf dein Gebiet zu lassen, nur so können wir sie vielleicht schnell genug finden.«

Vidal hat es vielleicht geahnt und trotzdem tritt er zwei Schritte zurück von ihr weg und sieht sie ungläubig an. »Weißt du, um was du mich da bittest, Belinda?«

Kapitel 6

»Ja, das weiß ich und ich würde es nicht tun, wenn es eine andere Lösung gäbe, doch die gibt es nicht. Ich bitte dich auch nicht darum, weil wir beide … zusammen sind oder so, eigentlich weiß ich gar nicht, was wir sind …« Vidal zieht die Augenbrauen hoch. »Ich bitte dich einfach, für die Zeit jetzt diesen Hass, der all das erst hat entstehen lassen, zu vergessen und uns zu helfen. Alena kann für das alles nichts und wird von dieser Bestie gefangengehalten, was denkst du was er mit ihr tut?«

Belinda beginnt wieder zu weinen, sie sieht, dass Vidal bei ihrem Anblick weich wird. »Sag es mir, Vidal, was denkst du macht er genau jetzt mit ihr? Kannst du damit …« Es klopft und Camilla, Suela und Sofia kommen herein. »Belinda, du bist ja wirklich da, wir sind soweit.« Camilla trägt jetzt auch Sneakers und bequeme Sachen.

»Was genau habt ihr vor, wollt ihr euch jetzt alle zusammentun und gegen mich verschwören?« Dante kommt zusammen mit Elian hereingestürmt und meckert die Frauen an. Er sieht erst wütend zu Camilla und Suela, dann verwundert zu Vidal und Belinda. Camilla wendet sich nur halb zu Dante um.

»Wir werden helfen, Alena zu finden, wir können nicht zulassen, dass dieser Verrückte der Armen etwas antut. Dante, das nennt man normales Sozialverhalten, das hätte auch mir oder Suela passieren können, je mehr Menschen sie suchen, umso besser.« Dante setzt an, um etwas zu sagen, doch Sofia sieht auf die Uhr.

»Ich will ja niemanden drängen, aber es wird immer später und Benjamin ist kein besonders geduldiger Mensch, wenn er ihr etwas antun möchte, hat er sicherlich schon begonnen.« Elian stellt sich zu seinem Bruder und Belinda, vielleicht ist es die enge Bindung, die Vidal und er zu haben scheinen, denn es verwundert ihn überhaupt nicht, sie hier zu sehen.

»Tut mir leid, aber ich verstehe immer noch nicht, was Sofia hier will. Sie könnte doch genauso eine Puentes sein.« Dante deutet auf die junge Frau neben seiner Schwester. Suela verdreht die Augen und tippt etwas auf ihrem Handy ein. »Sie ist, wenn dann, vielleicht eine halbe Puentes und eine halbe Sombras und ...« Elian schüttelt den Kopf. »Das ist krank.« Suela sieht ihre Cousins und ihren Bruder genervt an, während Sofia auf den Boden blickt.

»Ja, genau das ist es, weder Sofia noch sonst wer dieser Menschen kann etwas dafür, was damals passiert ist und ich werde jetzt garantiert nicht zusehen, dass so etwas nochmal passiert, ob der Nachname dieser Person jetzt Sombras oder Puentes ist.

Es wird Zeit, dass wir alle für diesen kranken Scheiß, der damals war, gerade stehen und versuchen, diesen Benjamin, der uns allen schadet, zu kriegen und Alena zu befreien. Ich habe auch kein Problem, unsere Mütter anzurufen, die alle gelitten haben und ihnen zu erzählen, dass jetzt wieder eine Frau leiden muss und ihr dabei tatenlos zusehen wollt ...« Suela hebt ihr Handy an, nachdem sie klar ihre Meinung gesagt hat. »Soll ich?« Vidal seufzt genervt auf. »Holt alle zusammen, wir haben dringend etwas zu besprechen!«

April schiebt den Teller weg und sieht auf die Uhr. Wo bleibt Belinda? Was hat sie vor? Sie geht nicht an ihr Handy. April kennt ihre beste Freundin genau. Sie hat sie sicherlich nur hier gelassen, weil sie nicht möchte, dass ihr auch noch etwas passiert, was bedeutet, dass sie irgendetwas gefährliches machen wollte. Sie wartet schon fast zwei Stunden, sie muss etwas unternehmen. Was ist, wenn Belinda jetzt auch in Gefahr ist?

Es ist ganz still im Haus von Belindas Vater. In der ganzen Siedlung hier ist kaum jemand, alle suchen Alena, und April möchte eigentlich auch sofort wieder los, doch sie wartet hier auf eine Nachricht von Belinda. Sie hat nur schnell geduscht, sich eine Jeansshorts und ein weißes Top angezogen, ihre Haare fallen in wilden Locken an ihr herab, doch das ist ihr jetzt alles vollkommen egal.

Noch einmal probiert sie Belinda zu erreichen, dann wählt sie schweren Herzens Alejandros Nummer. Der Bruder ihrer besten Freundin hat ihr erst letztens eine Wegbeschreibung auf ihr Handy geschickt und somit haben sie unbewusst die Nummern ausgetauscht, was ihr jetzt weiterhelfen könnte, wenn er weiß, wo Belinda ist.

Selbst April hat gemerkt, wie wütend alle geworden sind, nachdem sie erfahren haben, was passiert ist, was ja auch vollkommen verständlich ist, doch sie können Belinda dafür nicht verantwortlich machen, das lässt April nicht zu. Die raue Stimme dieses widersprüchlichen Mannes meldet sich genervt. »Hallo?« Er weiß sicher nicht, dass es ihre Nummer ist. »Hallo, hier ist April, weißt du vielleicht ... ist Belinda bei dir?«

Einen kurzen Moment zögert er. »Wo bist du?« April steht vom Tisch auf. »Bei eurem Vater zu Hause, ich ....« Er hat aufgelegt, April sieht noch verwirrt auf ihr Handy, da geht schon die Tür auf und Alejandro tritt ein. »Kannst du zaubern?« April legt ihr Handy zurück auf den Tisch und sieht ihn verwundert an. »Nein, ich war kurz bei mir, um mir ein neues Shirt anzuziehen und die Männer neu einzuteilen, ich wollte gerade wieder los.«

April liegt noch ein Spruch auf der Zunge, doch sie sieht ihm seine Sorgen an und wie ratlos er wirkt. Sie kennt Belindas Bruder noch nicht lange, doch er hat eine mächtige Ausstrahlung und Präsenz und jetzt sieht er völlig hilflos aus, keiner von ihnen weiß so recht, wo sie noch alles suchen sollen.

»Hast du etwas gegessen?« April weiß, dass Belinda weder etwas gegessen hat, noch sich sonst eine Minute ausgeruht hat und Alejandro scheint es nicht anders zu ergehen. Wieder stockt er und sieht ihr in die Augen, vielleicht ist er es nicht gewohnt, dass sich jemand Sorgen um ihn macht, doch April findet es beängstigend, dass dieser starke Mann plötzlich so verzweifelt wirkt.

»Nein, ich habe keinen Hunger, was ist los, April, wo ist Belinda? Wir können uns keine Pausen erlauben, ich muss wieder losfahren.« Wahrscheinlich ist es ihm unangenehm, dass sie sich um ihn Gedanken macht.

»Ich weiß nicht, wo Belinda ist, ich war duschen und sie hat mir nur zugerufen, dass sie etwas erledigen muss, dann war sie weg und das ist jetzt schon ein wenig her, deswegen wollte ich dich fragen, ob du etwas von ihr gehört hast oder sie sich bei dir gemeldet hat?«

Alejandros Stirn zieht sich sauer zusammen. »Hat Belinda noch nicht genug Chaos angerichtet, wieso kann sie nicht einmal ihre Füße stillhalten, was stimmt mit ihr nicht?« Alejandro zieht sein Handy aus der Tasche. »Wieso seid ihr alle so sauer auf Belinda? Sie hat doch Alena nicht gezwungen, sich mit diesem Mann zu treffen. Denkst du etwa, sie wollte das? Hast du nicht gesehen, wie fertig sie wegen all dem ist?«

Alejandro will etwas sagen, doch sein Handy klingelt und er blickt ihr in die Augen, als er annimmt. »Wo bist du?« So wütend wie er ins Telefon redet, kann es nur Belinda sein. Ihr Bruder hört einen Augenblick zu, dabei lässt er April nicht eine Sekunde aus den Augen. Sie erwidert seinen Blick stur, wahrscheinlich ist er es auch nicht gewohnt, solch einen Widerstand entgegengesetzt zu bekommen, wie gerade von ihr, doch sie lässt nichts auf Belinda kommen. April versteht die Sorgen von allen, doch das ist ungerecht.

»Belinda ... Ich frage mich echt so langsam, was bei dir im Kopf vor sich geht. Willst du mir jetzt sagen, dass du einfach so auf das Gebiet der Puentes gefahren bist, als hätten wir gerade keine anderen Probleme?« April hat es geahnt. »Wozu?« Alejandro ist stinksauer.

Belinda lässt sich offenbar auch nicht sehr von Alejandros Laune beeindrucken. Er legt auf. »Was ist los?«, fragt April, während sich Alejandro bereits zum Gehen umdreht. »Deine Freundin ist der Meinung, wir müssten jetzt etwas mit unseren Erzfeinden klären, wir treffen sie, vielleicht kann ich da wenigstens etwas Dampf ablassen, bevor ich meiner kleinen Schwester den Hals umdrehe.«

Natürlich meint er das nicht ernst. Auch wenn er jetzt sauer ist, hat April die letzten Tage sehr wohl mitbekommen, wie er Belinda angesehen hat und dass sie ihm schon viel bedeutet. »Ich komme mit!« Alejandro will sich zu ihr umdrehen, doch sie ist schon längst neben ihm und er sieht verärgert zu ihr hinunter. Wenn sie jetzt neben ihm steht, überragt er sie sicherlich um einen Kopf.

»Hast du zugehört? Wir treffen unsere Feinde und die Chance, dass das friedlich endet, steht bei 0,08%, also solltest du lieber hier bleiben.« April lächelt matt und schließt die Tür hinter ihnen. »Danke für die Warnung, aber ich komme mit!«

Alejandro ist das überhaupt nicht recht, doch er sagt nichts mehr dazu, sondern telefoniert mit Santos und Ponce, bevor er ihr die Tür zu einem Maybach aufhält, in den sie beide einsteigen. Erst als sie sitzen, hört er auf zu telefonieren und gibt Gas. April sieht ihn von der Seite an, seine großen, breiten Hände umfassen das Steuer gekonnt, seine Miene ist wütend und stur, doch trotzdem muss April sich innerlich gestehen, dass sie noch nie einen hübscheren Mann als ihn gesehen hat.

Seine dunklen Augen verbirgt er hinter einer Sonnenbrille, da ihn die Sonne blendet. Seine Lippen sind schön geschwungen und ihm wächst ein leichter Dreitagebart, er hat einen schönen goldenen Hautton und die Tattoos geben ihm etwas wildes, ungezähmtes.

Auch wenn jetzt gerade nichts davon zu sehen ist, kennt April sein süßes Lächeln und die kleinen Grübchen, die sich dann auf seinen Wangen bilden, außerdem hat er denselben Leberfleck wie Belinda.

Er spürt ihren Blick und sieht zu ihr. »Es tut mir leid, was mit Alena passiert ist, ich kenne sie erst ein paar Tage und trotzdem wusste ich sofort, dass sie etwas ganz Besonderes ist.« Alejandro sieht sie an und dann wieder zur Straße. »Wir finden sie!« Ein müdes Lächeln legt sich auf seine Lippen. »Ich musste heute den ganzen Tag daran denken, wie ihre Mutter uns immer gezwungen hat, sie überall mit hinzunehmen, als wir noch jünger waren. Sie war immer bei uns. Wenn wir Fußball gespielt haben, saß sie in der

Ecke und hat auf uns gewartet, sie musste sich alle Horrorfilme mit uns ansehen, sie war … von klein auf ein Teil von mir, von uns allen, auch wenn ich das bis jetzt wohl noch nie so klar gespürt habe wie heute.«

April lächelt, als er sie noch einmal ansieht. »Wir werden sie finden!«

Es dauert noch einige Minuten, bis Alejandro auf dem Parkplatz vor demselben Hotel hält, in dem sie heute Vormittag Alena schon gesucht haben und wo Belinda und sie gleich nach dem Friedhof hingefahren sind.

Erst jetzt bemerkt April, dass hinter ihnen noch einige Autos fahren und sie entdeckt auf dem Parkplatz Vidal, der sich an sein Auto gelehnt hat, daneben stehen Elian, Cuca, Benito, Dante und ein sehr dunkelhäutiger Mann, der zum Fürchten aussieht. In dem Moment hält auch Belindas Auto und sie steigt zusammen mit Camilla und Sofia aus, Suela steht bereits neben ihrem Bruder.

April wird unruhig, sie versteht, warum sich Belinda in Vidal verliebt hat, er ist ein wirklich hübscher Mann. Doch sein Blick wirkt so tödlich, dass sie sich fragt, ob das alles hier gut ausgehen wird, besonders als sie aussteigen und hinter ihnen Santos, Ponce, Roman und einige andere Männer ebenfalls ihre Autos verlassen.

»Du stehst gerade auf der falschen Seite.« Alejandros Ton gegenüber seiner Schwester ist hart und April sieht Belinda zusammenzucken. In dem Moment treten auch April Tränen in die Augen, als sie auf ihre beste Freundin blickt. Belinda sieht total fertig aus, sie hat jetzt Pflaster auf den Wunden am Bein, trotzdem ist alles noch rot und dick. Man sieht ihr an, dass sie sehr viel geweint und sich nicht ausgeruht hat. April weiß, wie viel es ihr bedeutet, ihre Familie gefunden zu haben, dass die nun sauer auf sie sind, wird ihr sicher wehtun.

»Ich hätte wirklich nicht gedacht, dass du so ein Arsch sein kannst!« April flüstert Alejandro die Worte zu, bevor sie zu Belinda geht, die ansetzt, um etwas zu sagen, allerdings ist Vidal schneller, der jetzt nur noch wütender zu Alejandro sieht. April weiß ja, wieso es ihn stört, wie er sich Belinda gegenüber verhält.

»Belinda hat uns erzählt, was bei euch los ist und auch, dass sie sich daran erinnert, dass Alena erwähnt hat ...« Roman tritt vor. »Keiner von euch hat das Recht, ihren Namen in den Mund zu nehmen!« Nun erschreckt auch April, alle hier sehen fix und fertig aus, doch Roman sieht aus, als würde er jeden Moment Amok laufen und genau da erkennt sie wieder die extreme Ähnlichkeit mit dem Mann von der Insel: Petro.

»Wie auch immer, sie hat die Vermutung, dass sich das Haus dieses Psychopathen auf unserem Gebiet befinden könnte.« Vidal interessiert Romans Ausbruch überhaupt nicht, Belindas heimlicher Freund ist eiskalt. »Wie ihr wisst, hat er einige unserer Männer auf dem Gewissen und wir sind auch auf der Suche nach ihm, um diese Sache endgültig zu beenden. Wir werden in dieser Zeit auch nach Alena suchen und sie euch dann übergeben ...« Er stockt, es scheint Vidal sehr schwerzufallen, diese Worte zu sagen und man sieht Belindas Brüdern an, wie verwundert sie über dieses Entgegenkommen sind.

»Auch die Puentes werden Benjamin jagen und Alena befreien, es haben schon so viele Frauen von beiden Familias gelitten, keiner sollte das nochmal zulassen.« Suela hat die Ansprache ihres Cousins beendet.

Einige Sekunden herrscht absolutes Schweigen, April kennt die Geschichte nicht so gut wie alle Anwesenden hier, doch sie kann erahnen, wie viel das hier zu bedeuten hat.

»Wir müssen auch einige unserer Männer auf euer Gebiet bringen, so geht es schneller.« Man hört Alejandro an, dass er wirklich überrascht ist. »War ja klar, langsam kenne ich deine Familie ja immer mehr und irgendwie scheint es bei euch im Blut zu liegen, dass ihr das letzte Wort haben müsst.«

Vidal murmelt die Worte vor sich hin. Wäre das alles nicht so ernst, hätte April sicherlich laut losgelacht, so legt sie nur den Arm um Belinda, die ihre Hand drückt.

»Zehn Männer und keine Anführer, und Alejandro: Wenn das hier vorbei ist, gelten die alten Regeln wieder, und sollte eine Sache auf unserem Gebiet passieren, werde ich euch alle persönlich dafür verantwortlich machen, ich hoffe, das ist klar.« Belindas Bruder nickt. »Das gilt auch für uns und wer auch immer zuerst diesen Bastard erwischt, sollte alle verständigen und wir nehmen dann gemeinsam Rache an ihm.«

Vidal nickt und Belinda neben ihr seufzt leise auf. Es scheint so, als wäre das ein Deal zwischen den beiden Familias, der alle verwundert, doch ungewöhnliche Umstände erfordern manchmal ungewöhnliche Taten. »Santos bestimmt zehn Männer, von denen Elian Bilder macht und sagt, dass er sie herumschicken wird. Die Männer verteilen sich sofort auf die Autos und erhalten Anweisungen von Roman.

»Habt ihr ein Bild von Alena, damit wir wissen, wonach wir suchen?« Belinda tritt vor und zeigt Vidal und den anderen Männern ein paar Bilder auf ihrem Handy. »Die war doch auch auf der letzten Trauerfeier.« Es ist nur eine Feststellung von Elian. Belinda nickt traurig und sieht alle noch einmal an. Es tut April so leid, ihre beste Freundin so zu sehen.

Alle gehen zurück zu ihren Autos. Bevor Alejandro einsteigt, sieht er noch einmal zu April, doch die dreht sich bewusst weg, auf so etwas kann sie verzichten. Wie kommt er dazu, Belinda so zu behandeln? Sie hört einen leisen Fluch und viele startende Motoren, auch Vidal und seine Männer setzen sich in ihre Autos. April fängt den besorgten Blick auf, den Vidal Belinda zuwirft, doch die sieht angespannt zum Hotel, vor dem sie stehen.

Ein paar Minuten später stehen sie allein mit Camilla, Suela und Sofia auf dem Parkplatz. »Du solltest etwas essen und dich ein wenig ausruhen, Belinda.« Ihre beste Freundin schüttelt entschlossen den Kopf. »Wir werden hier noch einmal an alle Türen klopfen, vielleicht sind sie doch da, haben ein anderes Zimmer genommen, oder es hat sie zumindest jemand gesehen, wir müssen alles versuchen.«

Ein paar Stunden später sitzt Belinda allein in ihrem Auto. April ist auf der Rückbank eingeschlafen und sie hat sie zu sich nach Hause gebracht. Eigentlich wollte sie sich auch hinlegen, doch dann hatte sie wieder eine Idee und ist noch einmal losgefahren. Niemand hat eine Spur gefunden und es ist bereits mitten in der Nacht, wer weiß, wie es ihr geht?

Belinda verspürt Angst, als sie auf die Holzhütte im Wald sieht, vor der sie leise geparkt hat, sie möchte sich gar nicht vorstellen, was für eine Angst Alena spüren muss? Belinda ist erschöpft, keiner redet mehr richtig mit ihr. Sie konnte ihre Brüder eh nicht anrufen, da sie sich gerade mal wieder im Puentes-Gebiet befindet, sie hat nur Vidal gesagt, was sie vorhat.

Sie hat keine Waffen und wenn da wirklich etwas in der Hütte ist, in der die Puentes-Männer sie einmal einige Minuten gefangengehalten haben, sollte sie nicht allein sein. Es klopft an ihrer Autotür und Belinda schreckt zusammen. Vidal schüttelt leicht den Kopf, als er sich zu ihr ins Auto setzt. »Ich habe dich mehrmals angerufen, es ist nicht der richtige Zeitpunkt, nicht mit mir zu reden.« Er hält ihr eine kalte Limonade hin und Belinda riecht die Pizza, die er auch mit ins Auto genommen hat.

»Vidal, da könnte was im Haus sein und du willst hier ein Picknick veranstalten?« Belinda wird sauer, doch Vidal legt ihr den Pizzakarton auf den Schoß. »Wir waren heute schon zweimal hier. Denkst du, wir sind Anfänger? Es ist nicht gerade vorsichtig von dir, hier mitten in der Nacht im Wald alleine herumzusitzen.« Belinda wird noch wütender.

»Wieso sagst du mir das nicht gleich? Ich hätte schon längst weitersuchen ...« Er greift an ihr vorbei zum Autoschloss und zieht den Schlüssel. »Nein Belinda, du brauchst eine Pause und wenn auch nur kurz, aber jetzt iss etwas und trink, ich sehe nochmal in der Hütte nach, wenn es dich beruhigt, aber bitte iss etwas.«

Vidal steigt aus, Belinda nimmt sich ein Stück Pizza. Erst da spürt sie, wie hungrig sie ist. Sie kann Vidals Gestalt kaum mit den Augen verfolgen, so müde ist sie, als er einige Minuten später wieder zu ihr ins Auto kommt, erschreckt sie sich erneut.

»Da ist niemand!« Belinda isst bereits das zweite Stück und Vidal sieht ihr zufrieden dabei zu. »Ich muss weitermachen ...« Durch das Essen wird ihre Müdigkeit noch verstärkt. »Du brauchst Schlaf!« Belindas Tränen kommen wieder hoch, die sie die letzten Stunden so schön unterdrückt hatte. »Ich weiß nicht einmal mehr, wohin ich sollte, meine Familie will mich gerade nicht um sich herum haben und zu euch kann ich auch nicht, ohne meine Familie noch mehr zu verletzen.«

Sie wischt sich die Tränen weg, Vidal sieht sie ernst an, dann geht er zwischen den beiden Sitzen nach hinten auf die hintere Sitzbank und deutet ihr, zu ihm zu kommen. Belinda sollte weitersuchen, doch sie kann ihre Augen kaum noch offen halten und sie weiß, dass sie ein paar Minuten Ruhe braucht, also nimmt sie seine Einladung an und lehnt sich an ihn.

Vidal nimmt sie fest in seine Arme und küsst ihre Stirn. »Ruh dich aus, ich bin und bleibe bei dir.«

Vidal sagt das sicherlich nur so nebenbei, doch Belinda wird es ein wenig wärmer um ihr Herz. Ihre Augen werden immer schwerer, doch sie wendet ihr Gesicht zu ihm und küsst ihn. Sehnsüchtig und doch ganz vorsichtig und liebevoll, küsst er sie zurück.

Als sie den Kuss beendet, weil sie ihre Augen kaum noch aufhalten kann, spürt sie, wie fest er sie an sich hält und schließt die Augen.

»Danke Vidal, für alles. Ich liebe dich.«

Sie spürt, wie Vidal sich bei ihren Worten verspannt, doch es ist ihr egal, sie ist bereits dabei, in einen tiefen Schlaf zu fallen.

Kapitel 7

Santos lehnt sich erschöpft gegen seine Haustür. Ihm tut alles weh, jeder einzelne Knochen und das, obwohl er nicht einmal gekämpft oder sich körperlich überanstrengt hat, doch physisch ist er gerade an seinen absoluten Grenzen angekommen. Drei Tage ist Alena jetzt verschwunden, und wieder bricht eine Nacht an und sie haben nichts erreicht. Es gibt keine Spur von seiner schönen Cousine, egal wie weit sie fahren, egal wo sie nachfragen, niemand weiß etwas.

Sie alle schlafen kaum, jeder einzelne ihrer Männer ist auf der Suche nach Alena, und auch die Puentes suchen nach ihr. Sie haben zehn Männer auf deren Gebiet und sie berichten, dass sich auch dort alle Männer auf die Suche gemacht haben. Santos hasst sie, jeden einzelnen von ihnen, doch selbst sein allerschlimmster Feind Nacho sucht nach Alena, die er selbst seit ihrer Kindheit kennt.

Das gemeinsame Ziel, diesen Benjamin endlich zu schnappen, lässt sie für diese Stunden ihre Feindschaft beiseite legen, sie arbeiten zwar nicht zusammen, doch auch nicht gegeneinander. Santos' Handy klingelt, er will eigentlich nur schnell duschen, etwas essen und sich dann wieder auf die Suche machen. Mittlerweile ist er so müde, dass er seine Augen kaum aufhalten kann, zweimal hat er gemerkt, wie er am Steuer fast eingeschlafen ist.

Als Santos sieht, dass es sein Vater ist, seufzt er schwer und drückt den Anruf weg. Sie alle versuchen, das Verschwinden von Alena vor ihm und vor allem vor Alenas Mutter geheim zu halten, sie würde das nicht verkraften. Und solange sie nicht genau wissen, was mit Alena passiert ist, wollen sie ihr das nicht antun, doch die Älteren werden spüren, dass etwas nicht stimmt und Santos ist sich sicher, dass sie früher zurückkommen werden als geplant.

Sie alle versuchen, sich nichts anmerken zu lassen, ans Telefon zu gehen, mal anzurufen. Ponce hat selbst Belinda darum gebeten, sich bei ihrem Vater zu melden und ihm versuchen zu erklären, dass alles in Ordnung ist. Diese Sache mit Belinda belastet ihn auch sehr. Sie ist seine Schwester und er hat sie in den paar Wochen, die er sie jetzt kennt, schon tief in sein Herz geschlossen.

Vielleicht ist da wirklich etwas dran, an dieser Blutsache, und diese Verbindung zwischen ihnen ist wirklich darauf zurückzuführen, doch momentan kann er sie kaum ansehen.

Er liebt seine Schwester, doch er liebt auch seine Cousine, mit der er groß geworden ist und er kennt sie sehr gut. Alena hätte das niemals einfach so allein getan, sie war immer lieb und schüchtern. Sie hat niemals etwas hinter ihrem Rücken getan und dann kommt Belinda, und Alena und sie planen hinter ihrem Rücken diese Sache.

Santos würde noch nicht einmal so weit gehen und sagen, dass es Belindas Idee war oder sie all das allein geplant hat, doch es ist eine Tatsache, dass Alena, wäre seine Schwester nicht, noch bei ihnen wäre. Aber auch wenn keiner mehr etwas zu Belinda deswegen sagt, hat jeder von ihnen diesen Gedanken und das ist auch der Grund, wieso alle ihr zur Zeit aus dem Weg gehen.

Er liebt sie, doch er möchte sie momentan nicht sehen, nicht bis er weiß, was mit Alena ist. Belinda ist aber auch wie sie alle die ganze Zeit unterwegs und sucht nach ihrer Cousine. Sie alle reden kaum miteinander, sie treffen sich höchstens kurz hier. Heute Morgen hat er gesehen, wie April und Belinda aus dem Haus ihres Vaters kamen, vielleicht haben sie mal ein paar Stunden geschlafen.

Sie haben eine Karte im Haus von Alejandro aufgehängt. Suerte ist da und jeder, der ein Gebiet oder ein Gebäude durchsucht hat, gibt ihm Bescheid und er steckt es ab. Selbst die Puentes geben ihre Daten an die Männer von ihnen auf ihrem Gebiet weiter. So langsam werden die Gebiete, in denen man noch suchen kann, immer weniger. Sie werden wohl den festgesteckten Umkreis von 200 Kilometern, den sie zu beiden Seiten gezogen haben, noch mehr erweitern.

Santos will die Treppe zu den Duschen hoch und bleibt vor einem Bild stehen, das sie alle auf Alenas achtzehntem Geburtstag zeigt. Damals war Lilly noch da, die den Arm um Alena gelegt hat. Santos lächelt mild bei der Erinnerung, wie sehr sie sich über das Armband gefreut hat, was er ihr zu dem Geburtstag geschenkt hat. »Wir finden dich!«

Als sein Blick auf Lillys hübsches Gesicht fällt, zieht er sein Handy erneut aus der Tasche. Er wählt wieder ihre Nummer, bei der seit dem Tag, als ihre Mutter ins Hospiz gekommen ist, niemand mehr abnimmt. Trotzdem spricht Santos mehrmals am Tag auf den Anrufbeantworter, er hat sonst keine Chance, an sie heranzutreten und kann Puerto Rico auch nicht verlassen, um sie zu suchen.

Wahrscheinlich nutzt sie in Frankreich eine ganz andere Nummer, doch seine Hoffnung ist, dass sie doch noch einmal die alte Karte aktiviert und seine Nachrichten erhält. Bisher hat er ihr nur jedes Mal gesagt, dass sie sich melden soll, dass er sie liebt und mit ihr sprechen möchte. Von Alena hat er nichts erwähnt, auch Lilly soll erst Genaueres erfahren, wenn sie mehr wissen.

Wieder piept es und Santos räuspert sich. »Ich bin es wieder, wenn du diese Nachrichten abhörst, wirst du dich sicher fragen, ob ich wahnsinnig geworden bin und ich muss dir da absolut zustimmen. Es macht mich wahnsinnig, dass ich dich nicht erreichen kann. Ich will mit dir reden, einfach so abzuhauen wird an unseren Gefühlen doch eh nichts ändern.«

Er reibt sich die Augen, er weiß kaum noch, welche Worte er wählen soll. Bilder erscheinen vor seinem inneren Auge, wäre sie jetzt hier, könnte er sich für einige Stunden zu ihr legen, sie war immer seine Kraft, bei ihr hat er alles vergessen können. »Du weißt gar nicht, wie sehr ich mir wünschte, du wärst hier mein Schneeengel.«

Wie lange hat er sie so nicht mehr genannt, es wird ihm immer mehr bewusst, was er alles zerstört und verloren hat. Er wird schnell duschen und Alena wiederfinden und dann wird er Lilly finden ... und wenn es ihn seine letzte Kraft kostet, er bringt alles wieder in Ordnung.

Sein Handy klingelt, doch bevor sich überhaupt Hoffnung breit machen kann, sieht er schon, dass es Alejandro ist. Sein Bruder fragt, wo er ist, er wollte gerade los und Santos soll herauskommen. Gestern sind zwei Autos bei der Suchaktion geklaut worden, was in Puerto Rico nicht wirklich ungewöhnlich ist, komisch ist allerdings, dass die Diebe sich getraut haben, ihre Wagen zu stehlen. Einen der Puentes, einen von ihnen. Gerade haben zwei Männer die Autos gefunden und Alejandro angerufen, er soll sich dringend etwas ansehen kommen.

Santos kehrt sofort um und geht hinaus, wo er ins Auto neben seinen Bruder steigt, der genauso fertig aussieht wie er sich fühlt. »Du siehst scheiße aus!« Alejandro gibt Gas. »Danke, du auch.« Santos lehnt müde seinen Kopf zurück und sieht noch einmal auf sein Handy. »Was ist los?« Was soll's, Alejandro weiß, wie sehr Santos an Lilly hängt. »Ich versuche Lilly zu erreichen, doch es ist nur ihr Anrufbeantworter an.«

Alejandro lächelt mild. »Hast du schon über zwanzig Nachrichten hinterlassen?« Santos steckt das Handy weg. »Mindestens.« Sein Bruder rast durch die Straßen. »Dann hört sie die Nachrichten ab, sonst würde dir das Gerät sagen, dass es voll ist.« Santos blickt auf, sein Bruder hat recht, Lilly hört sich all diese Nachrichten an. Soll er jetzt glücklich sein, dass seine Nachrichten sie erreichen oder sauer, weil sie auf keine reagiert?

Sie fahren an dem Auto von Belinda vorbei und halten kurz. »Wohin fahrt ihr?« Ihre Schwester sieht müde und erschöpft aus, sie muss viel geweint haben. April neben ihr sieht aus dem anderen Fenster, ohne sie wenigstens einmal anzusehen. »Wir müssen etwas überprüfen, hast du Papa angerufen? Hallo, April.« Es ist mehr als offensichtlich, dass Belindas beste Freundin sauer auf Alejandro ist und er sie aufzieht. »Ja, habe ich, es fällt mir aber schwer, ihm nicht die Wahrheit zu sagen, er spürt, dass etwas nicht stimmt.«

Santos weiß, dass ihr Vater langsam etwas ahnt, doch sie haben momentan keine andere Wahl. »Ruht euch etwas aus.« Alejandros Stimme ist etwas weicher als sonst. Belinda sieht sie ein wenig erleichtert an, keiner von ihnen war die letzten Tage besonders nett oder aufmerksam ihr gegenüber. »Wir packen Aprils Sachen zusammen, ich bringe sie später zum Flughafen, da werde ich gleich den Mitarbeitern dort Alenas Bilder zeigen, vielleicht hat er sie ... es ist eine Spur, die wir noch nicht verfolgt haben.«

Santos' Magen dreht sich um. Allein beim Gedanken daran, dass dieser Mistkerl sie weggebracht hat und sie Alena nicht mehr finden können, wird ihm übel. »Wie lange seid ihr noch da?« Alejandro sieht an Belinda vorbei zu April, die noch immer aus dem Beifahrerfenster sieht. Die beste Freundin seiner Schwester ist sehr hübsch, exotisch, doch Santos kennt seinen Bruder und weiß, dass er es mit keiner Frau ernst meint, deswegen sollte er das lieber lassen, doch wenn er den Blick von Alejandro richtig deutet, denkt der nicht daran.

»In zwei Stunden fahren wir ungefähr los.« Alejandro nickt, hebt kurz die Hand und sie fahren weiter. Alejandro beginnt wieder zu rasen, kurz streicht er sich über die müden Augen. »Was machen wir, wenn wir sie nicht mehr finden? Was ist, wenn wir sie nicht mehr lebendig finden?«

Santos würde seinem Bruder in dem Moment am liebsten eine Waffe an den Kopf halten. »Wir werden sie finden und ihr wird es gut gehen.« Alejandro hält schlitternd am Wegrand. Santos, der nicht angeschnallt ist, knallt nach vorn und flucht auf. »Ich habe mehrere Tage kaum geschlafen, Alejandro, ich liebe dich, aber strapaziere dein Glück nicht über!«

Sein ältester Bruder sieht ihn ernst an und ignoriert seine Worte. »Wir müssen mit allem rechnen, wenn ich daran denke, was dieser Psychopath ihr gerade antut, drehe ich durch. Doch was denkst du, was er mit ihr anstellt, Santos? Sei doch nicht so naiv. Wir können hoffen, dass er sie gut behandelt, doch wir sollten uns auf alles vorbereiten.« Natürlich weiß Santos, dass er recht hat. »Wenn wir sie finden, egal in welchem Zustand, müssen wir beide versuchen, einen klaren Kopf zu behalten und die anderen in Zaum halten, hörst du? Nach mir bist du der nächste Anführer und wir beide haben die Pflicht, uns im Griff zu haben.« Santos nickt nur, er kann es nicht versprechen, niemals, nicht wenn es um Alena geht. Alejandro seufzt leise auf und gibt wieder gas.

Es dauert noch einige Minuten, dann erreichen sie eine Brücke, die San Juan und das Puentes-Gebiet verbindet. Streng genommen dürften sie die Brücke nicht befahren, doch genau dort in der Mitte stehen die beiden Autos und um sie herum stehen Männer der Los Puentes, genauso wie ihre Leute.

»Scheiß drauf, momentan läuft eh alles durcheinander.« Alejandro fährt auf die Autos zu, er erkennt Elian und einige andere Puentes, die um die zwei Autos herumstehen. Vidals Bruder sieht seinem Bruder sehr ähnlich und hat auch schon diesen arroganten und nervtötenden Gesichtsausdruck, wenn er zu ihnen sieht, doch jetzt hebt er die Hand, als sie aussteigen wollen. Wieso herrscht so eine Aufregung über die beiden Autos?

»Vielleicht solltet ihr beide euch das nicht ansehen ...« Die Warnung von Elian lässt Santos erst recht aufhorchen, seit wann interessiert ihn so etwas? Natürlich hören sie nicht auf ihn, doch als sie dann auf die Motorhauben der beiden Autos sehen, zischen sie beide einen bösen Fluch.

Auf beiden Motorhauben ist ein zusammengehöriges Bild mit Spraydosen aufgesprüht worden. Es zeigt Blut, viel Blut, und in der Mitte kniet eine nackte Frau. Man erkennt kein Gesicht, nur lange dunkle Locken, einige Locken liegen im Blut. Die Frau hat keine normale Hautfarbe, alles wirkt blau und grün mit roten Striemen. Ein Arm ist ab und liegt im Blut. Man braucht kein Gesicht zu erkennen, um zu wissen, dass das Alena sein soll, sie haben eine Nachricht von Benjamin erhalten. »Dieser verfluchte Bastard! Wenn sie wirklich so aussieht ...«

Einer ihrer Männer stellt sich betroffen zu ihnen. »Roman wird hier auch gleich auftauchen.« Alejandro nimmt sein Handy in die

Hand. »Bleib, wo du bist, wir haben das schon mit den Autos geklärt, sucht weiter.« Santos sieht die Männer an, die um sie herum stehen. »Ist sie das?« Elian fängt seinen Blick auf.

Santos dreht sich von den Autos weg. »Was sonst will er uns damit mitteilen, die Frage ist, wie kann er noch solche Aktionen durchführen, während wir alle auf der Suche nach ihm sind? Hier, direkt vor unserer Nase? Ich will heute Nacht noch all unsere Männer sprechen, um Mitternacht gibt es eine Besprechung, gebt das weiter und vernichtet diese Autos!«

Auch Alejandro entfernt sich von den Autos, sie können das Bild nicht ertragen. »Aber sie scheint noch am Leben zu sein, wenn man seine Nachricht richtig deutet, wir müssen sie finden, dringend! Elian, kannst du Vidal sagen, dass wir die neuen Daten brauchen? Wir müssen wissen, welche Gebiete ihr abgefahren seid. Wir müssen schneller handeln, ich … rufe ihn später selbst an, vielleicht brauchen wir auf eurem Gebiet mehr Männer.«

Die Tatsache, dass Alejandro mit den Anführern der Puentes kommuniziert, zeigt, wie ernst es ist und wie schnell sie jetzt handeln müssen. Elian sagt nichts mehr, er und seine Männer steigen genau wie sie wieder in die Autos. Als sie die Brücke herunterfahren, folgen ihnen die Autos ihrer Männer. Alejandro schlägt wütend auf das Steuer. »Verdammt!« Santos kommt nicht dazu, etwas zu sagen, in dem Moment wo sie die Brücke verlassen, gibt es eine ohrenbetäubende Explosion und alle bleiben stehen.

Kapitel 8

»Was ist mit euch passiert?« Belinda sieht erschrocken an Alejandro und Santos hoch, die gerade in ihren BMW steigen wollen, Alejandro kann April nirgendwo entdecken, sie wird doch nicht schon am Flughafen sein?

»Es gab einen neuen Hinterhalt, Benjamin hat zwei unserer Autos in die Luft gesprengt, zwei Männer der Puentes sind dabei schwer verletzt worden, wir haben nur ein wenig Rauch abbekommen, halb so schlimm.« Ihre jüngere Schwester sieht sie erschrocken an und Alejandros Magen zieht sich zusammen.

Belinda ist wunderschön, auch jetzt sieht sie zwar vollkommen fertig aus, doch noch immer ist sie sehr hübsch. Sie wirkt aber plötzlich so zierlich, trägt nur eine schwarze Leggings, ein schwarzes Top und darüber ein rotkariertes Hemd, sie muss in diesen paar Tagen seit Alenas Verschwinden schon eine Menge abgenommen haben.

Sie strahlt nicht mehr und hat dunkle Ränder unter den Augen, wie sie alle. Alejandro sieht, dass sie leidet und es tut ihm leid, doch trotzdem kann er auch nicht ignorieren, dass Alena ohne Belinda wahrscheinlich gar nicht in dieser Situation wäre. Es kommen ihm die Bilder auf der Motorhaube vor das innere Auge und er muss sich zusammennehmen.

»Auch jetzt macht er noch solche Aktionen? Hat dieser Mensch überhaupt keine Angst? Wie ...« Alejandro unterbricht sie. »Du denkst doch nicht, dass das ein normaler Mensch ist? Sein krankes Spiel ist erst dann vorbei, wenn wir es beenden und das werden wir, vertrau mir. Wo ist April?«

Belinda geht weiter zu ihrem Auto. »Sie packt noch, wir sind nicht dazu gekommen, wir waren ja nur unterwegs. Ich hole das Auto und fahre so nah wie möglich ans Haus, wegen der Koffer.« Alejandro wendet sich um und lässt Santos und Belinda in der

Garage zurück. »Ich bringe die Koffer zum Auto, gib mir nur fünf Minuten!«

Er wartet keine Antwort ab. Alejandro will sich nur verabschieden und April noch ein paar Dinge erklären, oder sagen. Er weiß es nicht, wahrscheinlich ist er auch schon viel zu erschöpft, um klar zu denken, doch er spürt, dass er das tun muss.

Einige seiner Männer gehen an ihm vorbei, alle öffnen den Mund, um etwas zu sagen, wahrscheinlich um ihn zu fragen, warum er überall Ruß hat, doch er hebt jedes Mal die Hand. »Später!« Erst muss er April sehen und zumindest versuchen, dass zwischen ihnen wieder in Ordnung zu bringen.

Was heißt das, zwischen ihnen? Es ist nichts zwischen ihnen, trotzdem möchte er nicht, dass sie so sauer auf ihn ist, vielleicht kann er versuchen, ihr zu erklären … Alejandro würde sich am liebsten selbst ohrfeigen, noch nie hat er sich wegen irgendeiner Frau so lächerlich benommen.

Als er in das Haus seines Vaters kommt, steht April oben an der Treppe und versucht, einen Koffer nach unten zu hieven. »Ich habe gehört, ihr braucht Hilfe.« April schaut hoch, ihr Blick wird sofort kalt, Alejandro mag ihre schönen großen, braunen Augen, die dichten Wimpern, die kleine Stupsnase, die schönen Lippen, sie ist dunkel und exotisch, ihre Figur ist ein Traum und die Haare … »Nein danke, ich komme schon klar.« Alejandro seufzt leise auf. Und sie ist stur.

Statt etwas dazu zu sagen, geht er hoch und nimmt ihr den Koffer ab, dabei berühren sich ihre Hände und sie sieht zu ihm nach oben. Sanft nimmt er ihre Hand vom Koffer und trägt diesen nach unten. »Hör auf so zu sein, April. Ich habe dir nichts getan, ich …« April stemmt ihre Hände in ihre Hüften. »Alejandro …« Er kann es nicht verhindern, dass sich eine leichte Gänsehaut auf seinem Arm bildet, wenn sie seinen Namen so ausspricht.

»Belinda ist wie … meine bessere Hälfte. Ich verstehe, dass eure Nerven blank liegen, es fällt mir schwer, jetzt wegzugehen und

Belinda hier alleine zu lassen. Selbst mich macht das mit Alena fertig und ich habe das Gefühl, dass Belinda gerade dabei ist zu zerbrechen, und eure anklagenden Blicke helfen da auch nicht weiter.

Ich versuche, so schnell wie möglich zurückzukommen, ich muss aber in einigen Tagen vor Gericht etwas klären, sonst wäre ich hiergeblieben. Ich habe Angst, dass Belinda, wenn ich weg bin, komplett zusammenbricht, ich würde sie am liebsten mitnehmen, doch sie will natürlich nicht. Sie sucht Alena jede Minute, genau wie ihr alle, ich hätte wirklich nicht gedacht, dass du so ein Arsch zu deiner eigenen Schwester sein kannst.«

Alejandro stellt den Koffer ab, oben steht noch einer und er geht zu April die Treppe hinauf. Erst da scheint sie den ganzen Ruß zu bemerken. »Geht es dir gut?« Alejandro schüttelt den Kopf. »Ist das deine Einschätzung von Personen? Damit solltest du dir mehr Mühe geben. Ich bin kein Arsch, April und ich denke, dass momentan alle einfach nur Alena finden wollen, alles andere sollte erstmal in den Hintergrund treten. Du kannst deine Sachen in Portland erledigen, wir sind hier bei Belinda.«

April hält auch diesen Koffer fest und wieder legt Alejandro seine Hand über ihre, aber sieht ihr dieses Mal in die Augen. »Es tut mir leid, dass deine zwei Wochen so zu Ende gehen und du all das mitbekommen hast.« Er sieht, wie sie die Kälte ihm gegenüber ablegt, sie hatten so viele schöne Tage.

Alejandro hat viele Termine abgesagt, um Zeit mit April und Belinda zu verbringen, besonders der Tag auf dem Meer war schön. Sie haben viel gelacht und Spaß gehabt, sind sogar mit Delphinen geschwommen, und als sich Suerte und Belinda irgendwann nach unten verzogen haben, um dort Essen vorzubereiten, haben April und Alejandro sich vorn auf der Jacht hingesetzt, sich unterhalten und den Blick auf das Meer genossen. Sie sind sich da schon etwas näher gekommen. Alejandro hat gespürt, wie weich ihre Haut ist, gemerkt, dass er ihren Geruch mag und einfach gern mit ihr zusammen ist.

Auch April scheint daran zu denken. »Ja natürlich, es waren auch schöne Tage dabei ...« Alejandro nimmt wieder sanft ihre Hand vom Koffer und als sie sich so nah gegenüberstehen, küsst er sie einfach. Ob es klug ist oder nicht, er kann nicht anders und sie schmeckt genauso süß, wie er es erwartet hat.

Im ersten Moment denkt er, dass sie ihn wegstoßen könnte, doch das tut April nicht. Alejandro legt seine Hand an ihre Wange, spürt ihre Locken unter seiner Hand und liebkost ihre Lippen, bevor er sie bittet, sich ganz für ihn zu öffnen. Als April das tut, sich an ihn schmiegt und ihr sogar ein kleiner Aufseufzer entfährt, wird Alejandros Kuss immer intensiver. Wem macht er etwas vor? Er wollte Belindas Freundin von Anfang an und sie jetzt so nah bei sich zu haben, fühlt sich so gut an, dass es ihn auf eine merkwürdige Art auch verschreckt, er hat sich noch nie so wohl gefühlt.

Alejandro öffnet erst seine Augen wieder und beendet den Kuss, als sein Handy vibriert, auch April braucht einen kurzen Moment, den er nutzt und noch einmal ihre Wangen küsst. »Es tut mir leid, wie das alles gekommen ist, aber momentan ist einiges außer Kontrolle.« April nickt und trotz allem liegt noch ein wenig Trotz in ihrem Blick. »Aber ... das sollten wir nicht machen, du bist der Bruder meiner besten Freundin und ich habe nicht vor, hier nach Puerto Rico zu ziehen und ...«

Alejandro stoppt ihren panischen Redefluss. »Ich habe dich doch gar nicht gebeten, nach Puerto Rico zu ziehen.« Wie kommt sie auf so etwas? Nun verändert sich ihr Blick wieder, Alejandro trägt auch den zweiten Koffer nach unten. »Natürlich nicht.« Obwohl April eine schöne braune Haut hat, sieht man, wie sich ihre Wangen röten. Sie kommt die Treppen herab, nimmt einen ihrer Koffer so, dass man ihn rollen kann und geht in Richtung Ausgang. »Ich wusste doch, dass du ein Arsch bist.«

Alejandro hebt die Arme. »Wieso? April warte ...« Seine Schwester kommt ins Haus. »Wir müssen los, dein Flug geht bald, sonst schaffen wir es nicht mehr.« Alejandro kommt nicht mehr dazu, noch mit April zu sprechen, er bringt die Koffer zum Auto. Santos umarmt April kurz, während sie Alejandro nur wütend ansieht, obwohl er sie noch immer auf seinen Lippen schmeckt.

Als die beiden dann davonbrausen, spürt Alejandro Santos' Blick auf sich, nun tauschen sie die Rollen. »Alles klar?« Alejandro wird sich sicherlich nicht bei seinem jüngeren Bruder ausheulen. »Natürlich, wieso sollte es nicht?« Santos deutet in sein Gesicht. »Weil du April gerade fast mit deinen Blicken getötet hast, und gleichzeitig hast du ihren Lippenstift am Mund.«

Alejandro kennt Santos besser, als er sich selbst kennt, normalerweise würde er ihn jetzt frech angrinsen, doch momentan ist nichts normal, deswegen zuckt Alejandro nur die Schultern, wischt sich müde den Mund ab und knackt seine Knochen. »Weiter geht's!«

Sie fahren eine ganze Weile bis zum Flughafen und fast die ganze Zeit schweigen sie. Belinda spürt, wie durcheinander April ist, sie hat natürlich gesehen, dass ihr Bruder und April sich geküsst haben, doch bis jetzt hat sie dazu noch nichts gesagt.

Die letzten Tage waren anstrengend, Belinda fühlt sich müde und ausgelaugt und doch viel zu hibbelig, als dass sie ans Schlafen denken könnte. Ihre Gedanken kreisen fast ausschließlich um Alena, wo ist sie? Was macht er mit ihr? Werden sie sie rechtzeitig finden? Früher hat Belinda oft solche Träume gehabt, man strengt sich an, rennt und beeilt sich und kommt doch nicht wirklich vom Fleck. Diese Angst, zu spät zu kommen, erstickt einen und jetzt erlebt Belinda diesen Albtraum in jeder Sekunde.

»Wir sind pünktlich.« April sieht auf die Uhr, als sie in das Parkhaus am Flughafen einfahren. Es ist leer, trotzdem fährt Belinda ganz nach oben und parkt auf dem Dach des Parkhauses. »Ich habe das Gefühl, dass Puerto Rico zwischen uns einiges geändert hat.« Belinda ist einfach ehrlich, es war keine gute Idee, April herzuholen, sie wirkt genauso durcheinander und gefühlsmäßig gespalten wie sie.

April sieht zu ihr. Nachdem sie geparkt und den Motor ausgeschaltet hat, nimmt April ihre Hand. »Nichts, Belinda, wirklich gar nichts kann zwischen uns etwas ändern. Allerdings fühle ich mich sehr schlecht, dich jetzt hierzulassen, ich bin zwei Wochen hier gewesen und fühle mich … in einem richtigen Gefühlschaos, ich habe das Gefühl, keine Luft mehr zu bekommen.«

Trotz all der ernsten Sachen, die gerade passieren, muss Belinda lächeln. »Ich habe dir gesagt, halte dich von meinem Bruder fern.« April winkt ab und streicht sich unbewusst über ihre Lippen. »Er ist nicht das erste Arschloch, was ich getroffen habe, da komm ich drüber hinweg, nein, es ist viel mehr, Belinda. Jetzt verstehe ich, wieso du so durcheinander bist. Natürlich, das mit Alena ist schrecklich und dafür kann keiner etwas, aber auch so würde ich … Du hast mich gefragt, ob ich komme und mir das Leben, was du hier führen könntest, ansehe und das habe ich jetzt getan.

Es tut mir leid, Belinda, aber ich glaube, dass das Leben hier nicht für dich gemacht ist. Wenn du mich fragst, solltest du, wenn ihr Alena wieder gefunden habt, zurück nach Portland kommen. Ich werde, sobald der Gerichtstermin vorbei ist und die Aushilfe das nochmal mitmacht, wieder herkommen und dir zur Seite stehen. Ich habe Alena nur ein paar Tage gekannt und doch schon in mein Herz geschlossen. Wir werden sie finden, doch dann solltest du vielleicht besser zurückkommen.«

Belinda weiß genau, was ihre beste Freundin meint. Sie denkt an die abweisende Haltung ihrer Brüder. Seit der gemeinsamen Nacht im Auto hat Belinda Vidal nicht mehr gesehen. Sie telefonieren hin und wieder, doch irgendwie gehen sie sich beide aus dem Weg.

Belinda war müde, als sie zusammen waren, trotzdem hat sie mitbekommen, dass Vidal auf ihr 'ich liebe dich' sehr schreckhaft reagiert hat und jetzt auf Distanz geht. Sie hat nicht erwartet, dass er ihr auch sagt, dass er sie liebt, doch sie hat auch nicht erwartet, dass diese Tatsache so schlimm und überraschend für ihn ist.

Vielleicht hat sie es von Anfang an gespürt, geahnt, dass diese Welt nichts für sie ist, hier und jetzt wünscht sie sich einfach nur in ihr altes Leben nach Portland zurück. Das bedeutet ja nicht, dass sie keinen Kontakt mehr zu ihrem Vater, Camilla oder Alena haben kann, doch sie hat hier keinen Platz mehr in dieser Welt.

»Ich denke auch, dass ich zurückkomme, aber zuerst muss ich Alena finden und wissen, dass es ihr gut geht.« Selbst hier auf dem Parkdach hören sie, dass neue Flüge aufgerufen werden und sie steigen aus. Während sie April zu ihrem Terminal bringt, versucht ihre beste Freundin ihr wieder einzureden, dass sie keine Schuld an Alenas Verschwinden hat. Auch wenn Belinda nickt, April umarmt und ihr versichert, dass es ihr gut geht, nagen die Schuldgefühle an ihr. Belindas Brüder und Cousins haben Recht, wäre sie nicht, wäre all das bestimmt nicht passiert.

Sobald April in den Sicherheitsbereich getreten ist, zieht Belinda die Flugblätter heraus, die sie gestern Abend noch schnell erstellt und gedruckt hat. Sie zeigen zwei neue Bilder von Alena und Belindas Nummer. Sollte irgendjemand sie hier gesehen haben oder sehen, sollen sie sich melden. Sie läuft von Schalter zu Schalter, von Halle zur Halle und verteilt die Flugblätter, doch niemand hier erkennt sie. Belinda ist so verzweifelt, dass sie selbst das Reinigungspersonal anspricht.

Geknickt kehrt sie zurück zu ihrem Auto und stockt. Es ist noch immer leer hier oben, bis auf ihr Auto und einen silbernen Geländewagen, an dem Vidal gelehnt steht und sein Handy wegsteckt. Sie hatte es noch nicht geschafft, auf seine Nachricht heute morgen zu antworten, doch was macht er jetzt hier?

Unsicher geht sie zu ihm. Statt sofort in seine Arme zu fliegen, was sie am liebsten tun würde, bleibt sie auf Abstand, auch Vidal blickt sie abschätzig an, als sie sich genau vor ihn stellt.

»Hey, was tust du hier?«

»Du hast nicht geantwortet und ich wusste, dass April heute abfliegt.«

»Meine Brüder hätten bei mir sein können.«

»Eher nicht, die haben alle zu tun, weißt du von der neuesten Bombe?« Belinda nickt müde.

»Ja, ich verstehe nicht, wie Benjamin jetzt noch in der Lage ist, so etwas zu planen. Wo ist Alena, wo versteckt er sie?«

Vidal greift nach ihren Händen und sie verschränken ihre Finger miteinander.

»Wir werden ihn finden, ich verspreche es dir.« Belinda betet dafür, doch langsam schwindet ihre Hoffnung. Sie senkt den Blick, bis Vidal ihre Finger löst und ihr Kinn so anhebt, dass sie ihn ansehen muss.

»Ich bin gekommen, weil ich mir Sorgen um dich mache und weil ich dich vermisst habe. Wir sind weit genug von allen Anderen entfernt, die Männer sind alle beschäftigt. Es gibt hier ein sehr gutes Restaurant, lass uns etwas zusammen essen.« Belinda stimmt zu, als er ihr die Tür zu seinem Auto aufhält. Bevor sie sich hinsetzt, hält sie aber ein und wendet sich noch einmal zu ihm um.

Als sie die Nacht zusammen im Auto verbracht haben, war er für sie da, er hat sie die ganze Nacht gehalten und sich um sie gekümmert, sie liebevoll am Morgen geküsst. Seine Männer wissen, dass er sich viel zu sehr um Alejandros, Santos' und Ponces Schwester kümmert und dass das überhaupt nicht im Interesse der Familia ist, doch er tut es trotzdem. Belinda will sich gar nicht vorstellen, was das für einen Stress bedeutet, doch Vidal ist nun schon wieder hier und kümmert sich um sie.

Sie kann ihn nicht zwingen, sie zu lieben und sie kann ihm auch nicht böse sein, wenn er das nicht tut. »Du hast mir auch gefehlt, danke, dass du für mich da bist.« Sie legt die Arme um seinen Nacken und küsst ihn. Vidals Hände schlüpfen unter ihr Top und seine Hände streichen ihren Rücken entlang, als er sie zärtlich zurück küsst. Nachdem sie sich gelöst hat, küsst er ihre Stirn. »Ich wünschte, ich könnte dir diese Sorgen nehmen.« Belinda lächelt mild und legt ihre Stirn an seine. »Du bist da, das bedeutet mir schon sehr viel!«

Elian rollt seine steifen Schultern. Sie waren mehrere Stunden im Krankenhaus, mal wieder. Zwei ihrer Männer hat die Bombe verletzt, einem hat es den Arm abgerissen, den anderen hat es nicht ganz so schlimm getroffen, trotzdem kocht in ihm die Wut. Es ist ihm vollkommen egal, weswegen alle anderen diesen Typen suchen, er wird ihn finden und für alles verantwortlich machen, was er ihrer Familia angetan hat. Er wird den Tag bereuen, an dem er sich mit ihnen angelegt hat.

Er fährt mit Cuca und Nabil zurück. Vidal war zwischendurch länger weg, Elian weiß, dass er wieder mit Belinda zusammen war, alle wissen, dass da etwas läuft, keiner sagt etwas dazu, wer sollte etwas zum Anführer sagen? Doch Elian spürt, dass niemand es versteht. Er selbst versteht nicht, wieso sein Bruder solch ein Risiko eingeht. Er kann jede Frau haben, wieso macht er es so kompliziert?

Elian wird mit Vidal darüber sprechen, doch momentan geht alles drunter und drüber. Es ist drei Uhr am Morgen und er will nur noch in sein Bett. Statt den normalen Weg nach Hause zu nehmen, müssen sie einen abgelegenen Feldweg fahren, da ja nun die Brücke nicht mehr befahrbar ist.

Elian rast die dunklen Straßen entlang, man erkennt gerade mal so viel, wie die Scheinwerfer ihr Licht werfen. Cuca spielt am Radio, das Elian viel zu sehr in den Ohren dröhnt, aber wenigstens hält es Elian davon ab einzuschlafen, hier befindet sich nichts außer Feldern und ein wenig Wald. Kein Mensch lebt hier und die Wege werden, wegen der gut ausgebauten Straßen um die Brücke herum, kaum genutzt.

Elian lässt seinen Blick schweifen und bremst. »Du verfluchter .... Was soll der Scheiß?« Cuca neben ihm konnte sich gerade noch festhalten, sonst wäre sein Kopf gegen die Frontscheibe geschlagen, doch Elian achtet nicht darauf. Er sieht noch einmal genau hin, dann fährt er ganz leise an den Rand, ein wenig ins hohe Gras, schaltet das Auto komplett ab und sie verschmelzen mit der Dunkelheit.

Elian zieht seine Waffe und prüft, ob er noch genug Munition hat. »Hast du noch eine zweite Waffe im Kofferraum?« Es ist nicht sein Auto, sondern das von Cuca. Erst jetzt bemerkt er, dass sein Cousin und sein Freund ihn beide mit offenen Mündern betrachten, als wäre er gerade aus der Irrenanstalt ausgebrochen. »Hast du irgendetwas geraucht? Starte den Motor und bring uns ins Bett!«

Elian zeigt auf die Stelle, mitten in der tiefen Nacht brennt ein Licht, dort wo eigentlich keine Menschenseele mehr lebt.

Kapitel 9

»Das ist der alte Zoo.« Nun sehen auch die Anderen das Licht brennen. Durch die Bäume hätte man es fast nicht gesehen, doch wenn man ganz genau hinsieht, erkennt man es. Die beiden haben recht, hier war bis vor einigen Jahren mal ein kleiner Zoo. Es gab nicht viele Tiere, nur ein paar Affen, Antilopen, Elefanten und einige Kleintiere. Doch er war sehr beliebt und gut besucht, bis irgendwann Tierschützer alle Tiere aus dem Zoo freigelassen haben.

Seitdem leben zwei Affen bei ihnen in der Cuidad in den Bäumen. Elian stört das nicht, sie haben sie sogar so weit dressiert, dass sie kommen, wenn man Nüsse oder Bananen in der Hand hat und pfeift. Doch nachdem die Tiere weg waren, wurde der Zoo geschlossen. »Da wurde doch alles abgerissen, da kann gar nichts mehr sein.« Cuca kann auch nicht glauben, was er da sieht. Elian steigt leise aus. »Offenbar nicht, wir sehen nach, was da los ist, verhaltet euch ruhig.« Wie schon gedacht, hat Cuca noch zwei weitere Waffen im Kofferraum, Elian steckt sich eine in den Hosenbund.

»Sollen wir jemandem Bescheid geben?« Nabil sieht sich um. Elian schüttelt den Kopf. »Nicht, solange wir nicht wissen, ob da wirklich etwas ist. Schaltet eure Handys lautlos und folgt mir leise.« Von der Straße müssen sie noch mindestens zehn Minuten durch die Felder laufen. Da sie sehr schnell und leise gehen, schaffen sie es in der Hälfte der Zeit, doch mitten auf dem Weg geht das Licht aus, nun erkennt man kaum noch etwas.

»Verdammt, so finden wir das niemals.« Elian hört nicht auf Cuca und läuft weiter in die Richtung, aus der das Licht kam. Vielleicht haben sie eine Spur zu dieser Alena.

Elian kommen sofort diese großen grünen Augen wieder in den Sinn, die ihn empört angesehen haben. Er hat sie auf der Beerdigung von diesem Adrian wiedergesehen, dort wurde ihm klar, wer sie wirklich ist, doch das erste Mal hat er sie in San Juan getroffen.

Es ist jetzt sicherlich ein Jahr her, Elian weiß es noch, als wäre es gestern gewesen. Er war mit einigen Frauen und Dante in seinem Cabrio unterwegs. Sie waren tanken und als er bezahlen wollte, kam diese wunderschöne junge Frau neben ihn an die Kasse und drängte ihn wütend weg. Er weiß noch, dass er sofort fasziniert von ihr war, sie war schmal, hatte aber überall die richtigen Kurven. Ihre langen braunen Haare fielen ihr tief in den Rücken und ihr Gesicht hat ihn sofort in seinen Bann gezogen, besonders diese großen grünen Augen. »Du Arschloch!«

Elian weiß noch bis heute, dass er nicht wusste, was sie von ihm wollte, ihre Erscheinung hat ihn einen Augenblick so aus dem Konzept gebracht, dass er gar nicht reagieren konnte. Sie zahlte und der Kassierer lachte ihn aus, so verdutzt war er. Als sie wütend davonging, rannte er ihr hinterher. »Warte mal kurz.« Sie aber stieg ein und brauste in einem kleinen Mini davon.

Dante hat ihm später gesagt, dass er ihr die Vorfahrt und die Zapfsäule weggenommen hatte, was er wirklich nicht bemerkt hatte. Elian hat sie danach nicht mehr gesehen, bis zu dem Tag von Adrians Beerdigung. Einen Moment war er wieder aus dem Konzept, sie war genauso schön wie damals, nur sahen ihre Augen dieses Mal nicht empört um sich, sondern traurig.

Doch sie stand bei ihren Feinden, deswegen hat er sich darum keine Gedanken mehr gemacht und jetzt suchen alle nach ihr.

»Hier ist der Eingang.« Elian ist als erster da. Sie laufen durch verrostete Eisentore, die offenstehen. »Man sieht zu wenig, Elian, es ist zu gefährlich.« Durch die Dunkelheit erkennt man nur schemenhaft etwas. Es ist aber sehr viel zerstört worden, vor ihnen liegen fast nur zugewachsene Gehwege, er erkennt einige Erhebungen und versucht sich daran zu erinnern, wie er als Kind mal hier war.

»Da hinten muss das Giraffenhaus sein, Cuca, sieh da nach, ob du etwas findest. Dort war glaube ich das Restaurant.« Er zeigt es dem anderen Mann, der sie begleitet. »Ich übernehme das Affenhaus da vorne. Irgendjemand muss gerade noch hier gewesen sein, das kann doch kein Zufall sein. Wenn ihr wirklich etwas findet, unternehmt nichts und ruft die Anderen an, alle Handys auf Vibration stellen, passt gut auf!«

Elian hat noch nicht mal zu Ende gesprochen, da geht er schon mit schnellen aber bedachten Schritten auf das alte Affenhaus zu. Auch er dachte, dass alles hier zerstört wurde, doch da hat er sich offenbar getäuscht. Er steuert auf den großen Haupteingang des Affenhauses zu, in dem Moment geht das Licht wieder an. Das Licht kommt aus diesem Haus.

Elian sieht einen Notausgang und öffnet diesen leise. Vielleicht lebt hier nur ein Obdachloser, der sich ein bisschen mit Elektronik auskennt, vielleicht hat er aber auch mehr Glück. Sobald er die Tür öffnet, hört er eine schrecklich verzerrte Aufnahme eines alten Kinderliedes. Elians Herz schlägt schneller, er scheint richtig zu sein. Vielleicht sollte er jetzt Hilfe holen, doch er muss sofort etwas tun und tritt aus dem Flur in das Affenhaus.

Das Bild, das sich ihm hier bietet, ist mehr als unheimlich, das Affenhaus ist noch vollständig erhalten, alle Scheiben sind abgedunkelt. Es leben keine Affen mehr hier, nur in der Mitte ist eine Scheibe hell angestrahlt, in dem Raum brennt Licht. Elian sieht sich weiter um, er erkennt schräg gegenüber der Scheibe mehrere Planen und Sprühdosen, hier muss er die Autos umgesprüht haben.

Elian hält seine Waffe bereit, er nähert sich der beleuchteten Scheibe vorsichtig. Dieser Benjamin muss hier sein und er macht garantiert nicht noch einmal den Fehler und unterschätzt ihn. Sein Herz schlägt immer schneller, er würde am liebsten die Augen schließen, er kann sich vorstellen, dass sich ihm kein schönes Bild bietet, doch als er dann endlich hinter die beleuchtete Scheibe in den Raum blicken kann, vergisst Elian alles.

Alles, was er sich vorgestellt hatte, alles, was er jemals gesehen hat und dass er sich jetzt eigentlich keine Unachtsamkeit leisten kann. Elian lässt seine Waffe herunter, als er in den großen Raum sieht. Noch immer stehen Bäume mit Autoreifen als Schaukeln herum, die damals für die Affen gebaut wurden, doch das ist auch schon alles, was noch an diese Zeit erinnert. Der gesamte Raum ist voller Blutspritzer.

Elian flucht immer wieder. Im ganzen Raum sind diese Affen aufgestellt, die La Familia rufen, er kann es zwar nicht hören, doch er weiß es ja. Ein Metalltisch steht an der Seite, blutverschmiert, mit vielen Werkzeugen darauf, Peitschen, Mistgabeln und Messer. Davor liegen die langen braunen Haare, die Elian damals schon aufgefallen sind, doch all das ist nicht das, was Elian erstarren lässt.

Mitten im Raum hockt das hübsche Mädchen, das er damals getroffen hat, ihre Haare sind ihr wild abgeschnitten worden, sie ist überall voller Blut, man erkennt kaum ein Stück Haut, so rotgefärbt ist alles. Sie ist komplett nackt, ihre Hände sind auf ihrem Rücken gefesselt worden, ihr Kopf hängt nach unten. Sie ist abgemagert, vor ihr liegen zwei Näpfe mit schleimigem Zeug und einer Brühe, die entfernt an Wasser erinnert.

Was hat dieser kranke Mistkerl getan? Genau in diesem Moment geht überall das Licht aus. Elians Handy vibriert, er nimmt an und wendet sich um. »Ich habe allen Bescheid gegeben, ich habe etwas gefunden.« Nicht nur Elian ist fündig geworden. »Findet diesen Bastard!« Elian legt auf. Auch wenn die Scheiben gedämmt sind, hört er die Durchsage, die plötzlich auch die unaufhörlich abgespielte Kindermusik unterbricht.

»Nicht schlafen, nicht schlafen!« Das Licht geht an und aus, an und aus, dann bleibt das Licht an und der Kopf von Alena hebt sich und verzieht sich schmerzverzerrt. Da erst sieht Elian die Stromkabel, die auch zu ihr führen. »Dieser kranke ...« Auch wenn das Gesicht voller Blut ist, erkennt Elian die hübsche Frau wieder, er sieht, was für Schmerzen sie hat und sein Puls rast. Ohne darüber nachzudenken, schießt er in einer Ecke auf die Scheibe, um sie zu sprengen. Natürlich prallt seine Patrone ab, doch plötzlich hört die Durchsage auf, wahrscheinlich wurde er entdeckt.

Elian blickt sich um, er muss zu Alena, die jetzt wieder zusammensackt. Erst jetzt bemerkt er, dass neben dem nächsten verglasten Raum eine kleine Tür ist, irgendwie müssen die Wärter ja in die Affengehege gekommen sein, auch der Psychopath muss da ein- und ausgegangen sein.

Plötzlich riecht es nach Rauch. Elian sieht sich um und genau in dem Moment, wo er in einer Ecke des Gebäudes große Flammen entdeckt, sieht er daneben auch eine dunkle Gestalt. Bevor er dazu kommt zu schießen, taumelt er ein wenig nach hinten, als ihn ein stechender Schmerz im Oberarm trifft.

Diese kleine Bewegung hat ihn gerettet und dafür gesorgt, dass er nur am Arm von einer Kugel getroffen wurde, trotzdem stöhnt Elian schmerzvoll auf und schießt sofort zurück. »Du verfluchter Hundesohn, komm her! Hier bin ich und jetzt kannst du Rache an einem Mann nehmen und dich nicht wie ein feiger Mistkerl an Frauen vergreifen. Komm her und zeig dich!«

Elian schießt, doch die Gestalt rennt weg und beginnt schallend zu lachen. »Sie wiiiird in Flammen aufgeeeehen, rette dich, Elian. Ich kenneee euch alle und ich werdeee schon noch vor diiiir stehen. Aber das war nur der Anfang, das Beste kommt erst noch, also gedulddde dich. Sieh zu, wie deineeee Feindinnn brennt, genauso wie ihr Cousinnn gebrannnt hat.«

Elian folgt der Gestalt, die durch den Haupteingang flüchten will, doch die Flammen kommen näher und es wird immer stickiger. »Verdammt!« Elian lässt die Waffe herunter und rennt zurück, dabei zieht er sein Handy heraus und ruft Cuca an. »Er kommt raus, schnappt ihn euch!« Elian wartet keine Antwort ab, er stürmt durch die Tür und rennt durch einen schmalen Gang zur zweiten Tür, hinter der sich der Raum befindet, in dem Alena ist.

Der Raum ist nicht einmal abgeschlossen, Benjamin hat wirklich nicht damit gerechnet, dass sie ihn hier finden. Sobald er die Tür öffnet, kommt ihm der Geruch von verbranntem Fleisch, Blut und vielem mehr entgegen. Wieder flucht er auf, reißt sich aber zusammen und läuft direkt zu Alena, die noch immer auf derselben Stelle hockt, ihr Kopf mit den Stummeln von Haaren liegt tief auf ihrer Brust und man sieht ihr Gesicht kein bisschen.

»Alena!« Elian tritt zu ihr, sie ist nackt, blutet überall, er weiß nicht einmal, wo er sie anfassen kann. Vorsichtig greift er nach ihrem Arm, keine Reaktion. Als er dann an ihr Gesicht fasst, um es hochzuheben, zuckt sie zusammen, mehr als ein gequältes Aufstöhnen bringt sie nicht mehr zustande, sie ist vollkommen am Ende ihrer Kräfte.

»Alena!« Elian kann nicht verhindern, wie schockiert sich ihr Name auf seinen Lippen anhört, als er in ihr wunderschönes Gesicht sieht. Sie hat eine große Wunde über der Nase, alles ist vollen Blut, tiefe Ränder liegen unter ihren Augen. Plötzlich öffnet sie diese und die schönen grünen Augen, die ihn vom ersten Moment an fasziniert haben, blicken ihn erschrocken an.

Auch wenn sie gefesselt und verletzt ist, schreckt sie panisch zurück und stöhnt erneut schmerzvoll auf. »Vorsichtig, ganz ruhig, sieh mich an. Ich bin Elian und ich hole dich jetzt hier raus. Du brauchst keine Angst mehr zu haben, warte.«

Er geht schnell zu dem Metalltisch, auf dem nicht nur Blut und Tausende von Tabletten, sondern auch Messer und andere Werkzeuge liegen.

Elian schneidet als erstes das Seil durch, mit dem Alena an der Decke festgebunden ist und was ihre Hüften einschnürt und ihre Arme auf dem Rücken hält. Sobald sie sich wieder mehr bewegen kann, krümmt sich Alena auf dem Boden. Elian nimmt ihr das schwere Seil ab, dabei versucht er, so wenig wie möglich, ihre nackte Haut zu berühren, was wirklich schwierig ist.

Genau in dem Moment sieht Elian nach draußen und erkennt, dass die Flammen immer näher kommen und sie bald eingeschlossen sind. Er streicht mit den Daumen über die roten Striemen an Alenas Armgelenken und nimmt ihr die Haare aus dem Gesicht. Sie atmet nur noch ganz schwach. »Bleib bei mir, Alena, komm schon, du hast es überstanden.«

Wieder öffnen sich die grünen Augen. »Wer bist du?« Elian muss nur noch die Stromkabel abbekommen, er geht zum Tisch und findet eine Zange mit der er die Drähte durchschneidet. »Ich bin Elian und wir beide verschwinden jetzt hier. Ich bringe dich zu deinem Bruder und deinen Cousins. Belinda sucht schon die ganze Zeit nach dir, es ist Zeit, wieder nach Hause ...« Mit ihrer letzten Kraft setzt sich Alena hin und versucht sich zu verdecken, dabei sieht sie zu der Fensterscheibe. »Wo ist er? Du musst hier verschwinden, er bestraft mich sonst nur noch mehr.«

Elian kann gar nicht mit ansehen, wie zerbrechlich Alena ist, sie wird die Tage nicht viel gegessen und wahrscheinlich gar nicht oder kaum geschlafen haben.

Sie versucht mühevoll, alles an sich zu verdecken, dabei stöhnt sie immer wieder krampfhaft auf. »Er ist weg.« Elian zieht sich sein Shirt aus und kommt zu ihr. »Kannst du aufstehen? Wir müssen jetzt sofort hier raus!« Alena ist schon wieder weggedriftet, Elian flucht, was hat er ihr bloß alles angetan?

Vorsichtig zieht er ihr sein Shirt über, dabei wird sie wieder wach. »Lass mich hier bitte, ich will nicht weiterleben, keiner soll erfahren, was er alles mit mir getan hat und wie nutzlos ich jetzt bin. Er hat mich zerstört.« Es ist nur ein Flüstern und die schönen grünen Augen sehen ihn flehend an. Elian schneidet die Stromkabel durch, nun ist sie frei. Die Flammen tanzen bereits vor der Scheibe.

»Lass ihn nicht gewinnen, Alena, wir müssen jetzt hier raus, deine Wunden werden heilen.« Er könnte jetzt noch ewig mit ihr diskutieren, doch dann verbrennen sie hier drinnen. Deswegen greift Elian unter Alenas Oberschenkel und hebt sie in seine Arme. Als er spürt, wie leicht sie ist, flucht er erneut leise auf. In einer Ecke liegen neu eingepackte Decken.

Elian beugt sich vor und gibt Alena zwei. »Nimm die und halte dir den Mund zu, versuch so wenig wie nur möglich zu atmen.« Da erst bemerkt er, dass Alena ihren Kopf an seine Brust gelehnt hat und wieder nicht ansprechbar ist. Er bleibt in der Hocke und öffnet die Tüten selbst.

Er versucht, die Decken vor Alenas Mund zu halten, während er aufsteht und sich in dem kleinen Flur nach einem weiteren Notausgang umsieht, doch da gibt es keinen. Es bleibt ihm nichts weiter übrig, als zurück in den Hauptflur zu gehen, wo ihm eine glühende Hitze und die Flammen entgegenschlagen.

Er hat nur einen kurzen Weg, doch auch direkt vor der Notfalltür sind bereits Flammen. Er hört Stimmen, es schreien Leute seinen Namen. Sie können nicht so weit weg sein. Elian kann kaum atmen, sie werden hier bei lebendigem Leib verbrennen, wenn er nichts tut, der Weg zu der Notfalltür ist weiter als zum Haupteingang.

Neben ihnen steht ein Wasserspender und mehrere Gasflaschen, gleich fliegt hier alles in die Luft. Alena auf Elians Arm schreit laut auf, sie scheint wach geworden zu sein. »Wir verbrennen!« Elian lässt sie kurz herunter und sie bricht sofort zusammen. Ohne eine Sekunde zu verlieren, bricht er den Wasserspender auf und verteilt Wasser über sie beide. Um Alena bildet sich eine wahre Blutlache, Elian sieht, dass sie aus ihrer Mitte blutet, es ist frisches Blut. Verdammt!

Sie sind beide klitschnass. Elian bindet sich eine der Decken um und hebt Alena wieder auf seinen Arm. »Hülle die Decke über uns!« Dieses Mal macht sie, was er ihr sagt, sie atmet heftig und sieht ihm in die Augen. »Ich bringe uns hier raus, vertraust du mir?« Alena blickt ihn absolut sicher an. »Ja!«

Elian rennt, er spürt die Hitze und die Flammen, zwingt sich, die Augen aufzuhalten. Er spürt eine Tür und stößt sie mit aller Kraft auf. Plötzlich sind die Flammen weg. Er reißt die brennenden Decken von sich, sein Arm brennt, ob wegen der Schusswunde oder aufgrund des Feuers, weiß er nicht, Alena wird immer schlaffer in seinen Armen, doch er hört wieder die Stimmen.

Verschwommen sieht er, wie Dante weiter weg steht und Vidal zurückhält. Roman wird auch zurückgehalten, alle sehen sie an, als wären sie Gespenster. »Auf den Boden, es fliegt gleich alles ...« Es knallt ohrenbetäubend. Eine Wucht und Feuerwelle reißt sie zu

Boden. Elian wirft sich über Alena auf den Boden und schützt ihren Körper mit seinem. Herr im Himmel, lass sie das alles überstehen.

Kapitel 10

Vidal reibt sich seine müden Augen, er fühlt sich viel älter, die letzten Wochen waren anstrengend und nervenaufreibend. Könnte er etwas tun, ginge es ihm besser, doch momentan sind ihnen allen die Hände gebunden, Vidal musste noch nie so viele Rückschläge erleiden wie momentan.

Die Sonne geht gerade wieder auf, als er erneut das Gelände des alten Zoos betritt. Die letzten Stunden liegen ihm noch in den Knochen. Sein Bruder hat Alena gefunden. Als sie auf das von allen vergessene Gelände gekommen sind, brannte das Affenhaus, in dem Alena und Elian gewesen sind, schon lichterloh.

Vidal hat das erste Mal in seinem Leben wirklich Angst um das Leben seines jüngeren Bruders gehabt. Es schnürt ihm noch immer die Kehle zu, wenn er an dieses Gefühl denkt. Dante hat ihn zurückgehalten, als er sich in die Flammen stürzen und seinen Bruder da herausholen wollte. Er war wirklich verzweifelt, dabei zusehen zu müssen, wie die Flammen immer höher schlugen. Neben ihm waren auch Alejandro, Santos sowie Alenas Bruder eingetroffen, auch sie mussten zurückgehalten werden.

Vielleicht haben sie das erste Mal in diesem Moment denselben Schmerz empfunden. Einer ihrer Männer, Nabil, der mit Elian und Cuca das Versteck gefunden hatte, lag mit einem Kopfschuss vor der Tür des Affenhauses. Benjamin ist geflohen, dieser verdammte Drecksskerl schafft es immer wieder zu entkommen, doch Vidal wird alles in seiner Macht stehende tun, um ihn endlich zu bekommen und für alles zur Verantwortung zu ziehen.

Er läuft an dem immer noch brennenden Affenhaus vorbei oder dem, was davon übrig geblieben ist. Die Flammen werden weniger, Vidal sieht auf die umherliegenden Steine und Mauerstücke. Er wird niemals vergessen, wie Elian mit Alena auf dem Arm aus den Flammen gekommen ist. Er brannte, doch irgendwie hat er es geschafft, Alena zu retten und selbst ist er mit einigen leichten Verbrennungen am Arm, einer Schusswunde und einigen Kratzern und Quetschungen von den umherfliegenden Steinen, vor denen er Romans Schwester gerettet hat, davon gekommen.

Sie alle haben etwas abbekommen, er hat sich die Schulter ausgerenkt, so fühlt es sich zumindest an. Vidal hat viel gesehen, wirklich viel, doch der Anblick dieser Alena hat ihn tief getroffen, auch wenn er sie nicht kennt. Diese abgemagerte blutende Frau, die offensichtlich schwer misshandelt wurde und sich an seinen Bruder geklammert hat.

Roman und Alejandro haben sie sofort ins Krankenhaus gebracht, Roman war vollkommen fertig. Aber auch alle anderen, ja selbst jeder seiner Männer hat beschämt weggesehen und war von diesem Anblick schockiert. Elian wartet noch auf die Ergebnisse der Untersuchungen wegen des Rauches, den er eingeatmet hat, danach bringt Vidal ihn direkt nach Hause. Sie wollen ihn im Krankenhaus behalten, doch sein Bruder hat Krankenhäuser schon immer gehasst.

Ihre Eltern sind gekommen, jetzt langsam kommt alles heraus, sie haben lange versucht, es vor den Älteren geheim zu halten, doch es geht nicht mehr. Es ist das erste Mal, dass Vidals Vater ihn gefragt hat, ob er Hilfe braucht. Vidal hat sofort verneint, doch es hat ihn getroffen. Ja, es läuft sehr schlecht und momentan tanzt ihnen dieser verfluchte Benjamin auf der Nase herum. Ja, er hat sich etwas durch Belinda ablenken lassen und sie haben auch einige Männer verloren, doch er hat all das noch im Griff.

Vidal hat Elian gefragt, wie er Alena vorgefunden hat, doch er wollte nicht darüber reden. Wenigstens hat Cuca in einem weiteren Tierhaus einige Unterlagen von Benjamin gefunden, und bevor sich Vidal noch weiteren Fragen seines Vaters unterziehen muss, ist er noch einmal losgefahren. Mehrere Männer der Cinco Sombras stehen vor dem Haus herum, zwei ihrer Männer sind auch noch da und man sieht ihnen an, dass sie sich schöneres vorstellen können, als hier mit ihren Feinden herumzustehen.

»Wie geht es Elian?« Cuca kommt gerade aus dem Haus, als Vidal hineingehen möchte. Die Cinco Sombras werden sofort wachsam, als sie ihn sehen. Am liebsten würde Vidal ihnen allen die Waffe unter die Nase halten und fragen, wer von ihnen Alena wiedergefunden hat und dass sie wenigstens etwas Dankbarkeit zeigen könnten, doch er lässt es und ignoriert sie.

»Er soll sich einige Tage ausruhen, aber er wird schon wieder. Deine Mutter ist in der Cuidad und meine Eltern auch.« Cuca nickt. »Soll ich warten? Wir wollen noch zum Friedhof und uns um das Begräbnis kümmern.« Vidal schüttelt den Kopf. »Nein, geht nur. Ich will mir das nur einmal ansehen.« Er geht ins Haus, doch Cuca räuspert sich noch einmal.

»Das war wirklich knapp heute, Elian hätte sich nicht in so eine Gefahr begeben sollen, nicht für jemanden der Sombras.« Vidal sieht seinem Cousin kurz in die Augen, er nickt leicht, eine richtige Antwort fällt ihm dazu nicht ein, er wendet sich wieder um und geht ins Haus. Elian hat eine Frau aus den Händen eines Psychopathen gerettet, das sollte man nicht in Frage stellen, doch klar, er kann auch nicht sein Leben für einen ihrer Todfeinde riskieren, doch genau er sollte dazu nichts sagen, er hat kein Recht dazu, nicht, wenn er an sich und Belinda denkt.

Vidal kann sich ein Auffluchen nicht verkneifen, als er in das alte Giraffenhaus tritt. Es sind noch immer Gehege vorhanden und überall sind Bilder aufgehangen, große und kleine, manchmal richtige Bilderstrecken. In einem Gehege sind zahlreiche dieser Affen gestapelt, Klamotten liegen herum, ein kleines Feldbett. Vidal sieht auf die Bilder über dem Bett, Belinda, Alena und Camilla sind darauf zu sehen.

Dieser kranke Perverse, erneut ist er froh, dass seine Cousinen so weit weg von ihnen wohnen und kaum einer von deren Existenz weiß. Es sind Nahaufnahmen von den dreien, Belinda lächelt auf dem Bild und sein Magen zieht sich zusammen. »Kranker Mistkerl!«

Überall sind Männer, die sich das alles ansehen, bis er eine donnernde Stimme über allem hört. »Alle raus hier, nur die Anführer dürfen noch hier rein.« Vidal würde am liebsten die Augen verdrehen, er ist viel zu müde und hat keinen Nerv dafür, deswegen verlässt er nicht wie alle anderen das Gebäude, nur weil Alejandro das so will, sondern geht ins nächste Gehege, wo viele Bilder von Vidals Familia an den Wänden hängen.

Er hat wirklich alle fotografiert, doch am häufigsten gibt es Bilder von ihm und seinem Bruder, Dante, Benito und Cuca. Viele Bilder aus ihrer Cuidad, die er damals gemacht haben muss, als er noch als Gärtner bei ihnen gearbeitet hat. Vidal flucht erneut, als er Bilder aus dem Krankenhaus findet, er muss dort gewesen sein nach der Bombenexplosion, um sich sein Werk anzusehen.

Es sind Tausende von Bildern, die sie bei ihren Geschäften oder beim Feiern zeigen, Benjamin muss sie ständig verfolgt haben. Er bleibt stehen, als er Fotos sieht, die ihn mit Belinda zeigen, einmal auf Dantes Geburtstag, als er sie mit in sein Haus nimmt, Vidal wusste damals genau, dass etwas nicht stimmt. Er wird niemals ihren Anblick vergessen, als sie sich ihm geöffnet und zu weinen begonnen hat.

Auf anderen sind sie gerade dabei, auf das Boot zu gehen, nachdem sie mit Camilla und Dante essen waren. Vidal hat den Arm um Belinda gelegt, als sie wieder zurückgekommen sind, Vidal lächelt und nimmt eines der Bilder herunter.

»Ich wusste nicht, dass ihr euch so nah gekommen seid.« Vidal dreht sich nicht um, als Alejandros Stimme ihn aufhorchen lässt. »Wir wussten nicht, dass ihr die Familie wart, die sie hier gesucht hat.« Das ist nicht als Entschuldigung gedacht, es ist eine klare Feststellung. Alejandro tritt neben ihn und sieht ebenfalls auf die Bilder, die Belinda und Vidal zusammen zeigen.

»Wir werden nicht vergessen, dass dein Bruder Alena das Leben gerettet hat.« Vidal zuckt die Schulter. »Da dieser Mistkerl nicht geschnappt wurde, denke ich, es ist nicht das letzte Mal gewesen, dass irgendetwas passieren wird. Habt ihr hier etwas gefunden, was darauf schließen lässt, was er vorhat?« Vidal wendet sich von den Bildern ab und geht weiter. Im nächsten Gehege ist ein Schreibtisch, auf dem viele gefälschte Pässe und einige Waffen herumliegen. Alejandro ist immer noch neben ihm und wirft einige Papiere auf einen Haufen. »Nur über die Sachen, die bereits gelaufen sind, er hat alles von hier geplant. Es gibt Akten über jeden und auch über viele der Fälle, die damals im Krankenhaus von diesen verstoßenen Kindern aufgezeichnet wurden.«

Vidal nimmt einige der Unterlagen und blättert sie durch, es sind Zeichnungen des Paketes, das bei ihnen abgestellt wurde und Pläne von den Cuidads. »Diese verfluchten verstoßenen Kinder, wer hätte gedacht, dass die uns allen mal das Leben so schwer machen würden, was ist jetzt mit dem Rest? Ich habe das Gefühl, wir sollten die unter Kontrolle halten, nicht dass noch jemand von denen durchdreht. Der eine kostet uns schon genug Nerven. Diese Sofia haben wir in ein Hotel gebracht, es werden Bluttests gemacht, um zu ermitteln, wer ihre Mutter sein könnte, es wird aber sicherlich nicht so einfach werden, das herauszubekommen.«

Alejandro zieht die Augenbrauen hoch. »Ihr habt vor ... die hierzubehalten?« Vidal wirft die Papiere zurück auf den Tisch. »Meine Cousine Suela hat sich ihrer quasi angenommen und ich denke, es ist besser, die hier unter Kontrolle zu haben, als dass noch jemand von denen solche Dinge plant.« Alejandro scheint genauso wenig wie er begeistert von all dem zu sein, doch sie haben momentan nicht viel Wahl.

»Belinda hat erzählt, dass dort noch ein Petro ist, sie ist sich absolut sicher, dass es der Bruder von Alena und Roman sein muss, rein theoretisch könnte es sein. Dann soll da noch eine Nonne sein, Emilia. Ich werde die beiden holen lassen und wir werden diese Bluttests auch durchführen. Belinda sagt, dass sie die Insel nicht verlassen wollen, deswegen werden wir sie zwingen. Wir werden alles dort durchsuchen. Vielleicht ist er wieder dahin geflohen.«

Vidal nickt. »Okay, wir werden auch nach diesem Benjamin suchen. Er muss so schnell wie möglich gefasst werden.« Alejandro nickt, während Vidal in das nächste Gehege sieht und stockt. Die Bilder dort zeigen Alena, Vidal flucht. Man sieht, was ihr angetan wurde, dieser Psychopath hat alles ganz genau festgehalten. Deswegen hat Alejandro vorhin alle anderen hinausgeworfen, wie soll sie über all das jemals hinwegkommen?

»Ich werde Elian die nächsten Tage nochmal herschicken, ansonsten könnt ihr die Sachen hier auswerten, solltet ihr etwas finden, gebt uns Bescheid.« Diese Bilder muss wirklich nicht jeder sehen und Elian hat das alles mit seinen eigenen Augen gesehen. »Ja, machen wir. Danach werden wir das, was hiervon übrig ist, vernichten und alles abbrennen.« Alejandro sieht auch zu den Bildern, Vidal erkennt den Schmerz in seinen Augen, wie muss er sich fühlen zu sehen, was seiner Cousine angetan wurde?

Am liebsten würde er sich selbst ohrfeigen, was interessiert es ihn, wie sein Feind sich fühlt? Er wendet sich zum Gehen ab. »Tut das. Danach gelten aber wieder die alten Grenzen und Regeln, ich hoffe, das ist klar!« Alejandro wendet sich noch einmal zu ihm um. Auch wenn sie kurze Zeit zusammengearbeitet und sich normal unterhalten haben, stehen sie sich jetzt wieder als Feinde gegenüber. »Absolut klar!«

Belinda drückt aufgeregt die Knöpfe des Fahrstuhles im Krankenhaus. Sie haben Alena gefunden. Sie war mit Vidal essen, danach hat sie weitergesucht, als sie sich dann für einige Stunden hingelegt hatte und der Anruf von Camilla kam, ist sie fast vor Freude aus dem Bett gefallen. Camilla hat es ihr gesagt, niemand aus ihrer Familie, aber sicherlich nur, weil sie alle bei Alena sind.

Camilla hat sie vorgewarnt, Alena sei in keinem guten Zustand, doch sie lebt und das ist jetzt erstmal die Hauptsache. Elian, der sie gerettet hat, geht es auch gut, sie hat ihn gerade mit Vidal ins Auto steigen sehen. Vielleicht wird jetzt alles wieder besser, sie wird bei Alena bleiben und dafür sorgen, dass ihre Wunden heilen.

Dass Alena nicht auf der Intensivstation liegt, bedeutet doch schon mal, dass sie nicht in Lebensgefahr ist. Belinda ist extra zu Alenas Haus hinübergelaufen und hat ihr Sachen eingepackt, die sie jetzt gebrauchen kann. Sobald sie aus dem Fahrstuhl tritt, weiß sie sofort, wo Alena liegt, Santos, Ponce, Suerte ... und einige mehr stehen vor einer Tür und blicken zu ihr.

»Wie geht es ihr? Kann ich rein?« Ihr mittlerer Bruder sieht auf die Tasche. »Sie wurde gerade untersucht und jetzt soll sie noch gewaschen werden. Geh ruhig rein, Roman ist auch drinnen.« Belinda lässt sich das nicht zweimal sagen und tritt in das Krankenzimmer, in dem nur ein Arzt neben Roman steht, der gerade ein Gespräch am Handy beendet. Er blickt zu ihr. »Sind die Sachen für Alena?« Nachdem Belinda das bestätigt hat, nimmt er die Tasche und öffnet eine abgehende Tür nur einen Spalt und schiebt die Tasche hinein. »Das sind ihre Sachen.«

Leise schließt er die Tür wieder. Der Arzt räuspert sich. »Wir müssen noch weitere Untersuchungen machen, aber ihre Schwester wurde die Tage schwer misshandelt. Sie hat viele Prellungen, Wunden und Blutergüsse ...« Der Arzt reibt sich die Stirn, er hat wahrscheinlich in seinem Leben schon sehr viel gesehen, doch hier und jetzt versagt auch ihm die Stimme.

»Sie redet nicht, kaum, doch bei den Untersuchungen hat sie uns erzählt, dass er sie erforschen wollte. Herausfinden, wieso sie besser sind als er und irgendwelche anderen Kinder. Er hat Experimente mit ihr gemacht, sie musste Tabletten nehmen, die auch damals seine Mutter eingenommen hat. Zwar hat er sie nicht sexuell missbraucht, doch durch diese starken Tabletten in dieser Dosierung hat sie Blutungen bekommen. Wir werden morgen abklären, was für bleibende Schäden das haben wird.«

Roman hört ganz ruhig zu, doch Belinda sieht seine Hände beben, sie selbst wischt sich die Tränen weg. »Sie hat nur genau so viel Wasser und Essen bekommen, dass sie nicht stirbt, er hat sie mit Schlafentzug bestraft und sie hat die Tage fast komplett kniend verbracht, deswegen ist sie auch noch so schwach auf den Beinen.

Wir haben ihr aber die ersten Infusionen schon gelegt und es geht ihr etwas besser. Ich wollte sie nicht überfordern, weitere Untersuchungen folgen morgen. Sie braucht jetzt ganz viel Schlaf und Sicherheit.«

In dem Moment geht die Tür zum anderen Zimmer auf und zwei Krankenschwestern bringen jemanden mit, der vielleicht ein wenig Ähnlichkeit mit Alena hat, doch sie ist es nicht mehr. Belinda denkt an ihre hübsche glückliche Cousine, die sie am Hafen verabschiedet hat und muss stark gegen den Drang ankämpfen, nicht laut loszuschreien. Was hat dieser Mann mit ihr gemacht?

Sie ist blass, tiefe Schatten liegen unter ihren Augen, eine tiefe Wunde erstreckt sich quer über ihr Gesicht. Der Jogginganzug, den Belinda mitgebracht hat und der sonst immer knapp und sexy an ihr aussah, ist wie ein zu großes Zelt für sie. Ihre Armgelenke zeichnen tiefe Striemen. Ihre Haare sind nass, doch man sieht, dass es nur noch ein paar wilde Zotteln sind.

Am schlimmsten ist der leere Blick, Alena sieht durch sie hindurch, sie fasst immer wieder durch ihre Haare, während sie sich auf ihr Bett setzt. Belinda streicht sich noch einmal die Tränen weg und geht zu ihr. Sofort weicht Alena zurück. »Sie will keine Nähe, die Untersuchungen waren für sie eine Qual.« Der Arzt und die Krankenschwestern sehen zu ihnen und Roman nickt niedergeschlagen, man sieht ihm an, wie sehr es ihn verletzt, seine Schwester so zu sehen.

Belinda blickt wieder auf ihre Cousine und versucht es erneut, doch dieses Mal hält sie ein wenig Abstand. »Hey, ich bin so froh, dich zu sehen, ich ...« Alena beachtet sie gar nicht weiter, sondern streicht durch ihre Haare. »Soll ich dir die Haare schneiden? Ich denke, wenn wir sie bis zum Kinn schneiden, ist es wieder eine volle, gute Länge.«

Roman setzt sich auf einen der Sessel im Raum. »Sie redet mit niemandem.« Doch Alena sieht auf und Belinda lächelt, vielleicht geht es für den Anfang auch so, ohne dass sie etwas sagt. Die

Krankenschwester bringt ihr eine Schere. Belinda schafft es, ihr einen schönen Bob zu schneiden, der sogar richtig gut aussieht.

Die Sonne geht langsam auf und während Belinda Alena die Haare schneidet und die ersten Erinnerungen an diese Horrorzeit vernichtet, kann sie nur hoffen, dass sich so langsam alles wieder zum Guten wendet.

Kapitel 11

Alena liegt flach auf dem Krankenhausbett, allein das ist schon die pure Erholung für sie, doch sie kommt nicht zur Ruhe, ihr Körper arbeitet auf Hochtouren. Sie sieht zu den Flaschen, die ihr Flüssigkeit spenden, sie hat es geschafft, eine Suppe zu essen und sie bei sich zu behalten und jetzt sollte sie den Schlaf nachholen, den sie so dringend braucht, doch es geht nicht.

Sobald sie ihre Augen schließt, sieht sie ihn vor sich. Die Tage, die Schmerzen, alles ist wieder so präsent. Benjamin, er hat ihr stundenlang erzählt, wie er geboren wurde, wie er und die anderen verstoßenen Kinder groß geworden sind, was für einen Hass er in sich trägt und dabei hat er sie gequält.

Alena hat noch nie viel Schmerzen gehabt in ihrem Leben, vielleicht mal Zahnschmerzen oder Bauchschmerzen, doch das, was die letzten Tage durch ihren Körper gefahren ist, war so stark, dass sie regelmäßig ohnmächtig geworden ist. Ihr Körper wollte nicht mehr, hatte keine Kraft mehr, das alles auszuhalten, doch Benjamin hat es nicht zugelassen, er hat sie immer wieder wachgemacht, die Elektroschläge waren noch das kleinste Übel. Über so einen langen Zeitraum hinweg zu knien, bringt einen um. Irgendwann hatte Alena Halluzinationen, hat sich an schöne Orte geträumt, besonders wenn er sie angefasst hat, wenn er an ihr herumexperimentiert hat, doch jetzt funktioniert das nicht mehr.

Alena setzt sich auf. Roman sitzt auf einem Stuhl neben ihr, Belinda liegt auf einer Couch, beide schlafen. Sie haben sie gesucht und so wie Alena es verstanden hat, haben sie nicht viel geschlafen, jetzt ist sie wieder da und sie können den Schlaf nachholen. Alena wünschte, sie könnte das auch, doch sie kann nicht. Jedes Mal, wenn sie die Augen schließt, kommt alles wieder in ihr hoch, sie schafft es nicht, ihren Verstand abzuschalten, sie hat das Gefühl durchzudrehen.

Es war so schlimm für sie heute, von all den Menschen berührt zu werden, sie hat gesehen, wie ihr Bruder bei ihrem Anblick angefangen hat zu weinen, sie hat die Tränen von Belinda gesehen, als Alejandro sie geküsst hat, konnte sie nicht verhindern, dass sie zusammenzuckt. Alle waren da, Alena ist sich absolut sicher, dass auch jetzt einige vor der Tür warten, sie hört Geräusche, bestimmt wird sie bewacht.

Sie hat mit niemandem gesprochen, sie weiß nicht einmal, was sie sagen sollte, sie erträgt die Nähe all der Menschen, die sie so sehr liebt, nicht mehr. Sie kann niemandem zuhören, ihr Verstand ist wie zugemauert und das Einzige, was sie zulassen kann, sind die Erinnerungen und Worte von Benjamin. Er hat es ihr gesagt, er hat ihr gesagt, dass er sie so zerstören wird, dass sie genauso sein wird wie er, damit auch sie von den Familias verstoßen wird, die alles aussortieren, was nicht perfekt zu ihnen passt.

Sie musste so viele Tabletten nehmen, er hat ihr Dinge eingeführt, es muss geklappt haben, selbst wenn sie frei ist, ist sie noch immer von ihm gefangen. Alena fühlt sich so erschöpft, sie will nur schlafen und kann es nicht, die Ärzte haben ihr ein Beruhigungsmittel gegeben, doch da sie mit Medikamenten so vollgepumpt war, wirken die nicht.

Alena wünscht sich Ruhe, Ruhe in ihrem zerstörten Verstand, diese Ruhe, wie sie sie kurz verspürt hat, einen Augenblick im Arm dieses Mannes Elian. Sie kennt ihn nicht, hat ihn noch nie getroffen. Vorhin haben sich Roman und Santos kurz darüber unterhalten, er ist einer der Männer der Los Puentes. Alena hat trotz der Tatsache, dass er ihr Leben gerettet hat, den Hass der beiden auf die andere Familia gehört, doch in dem Moment, als er sie gerettet hat, wusste sie, dass sie sicher ist.

Als er sie gefragt hat, ob sie ihm vertraut, hat sie das bejaht, weil es so war. In seinen Armen hat sie das erste Mal Ruhe gefunden, egal was um sie herum passiert ist. Vielleicht ist er der Einzige, der es schafft, dass sie schlafen kann, sie sehnt sich mit jeder Faser ihres Körpers so sehr nach diesem beruhigenden Schlaf, dass sie sich die Verbindungen der Schläuche aus den Armen zieht.

Als Alena aufsteht, ist ihr einen Moment schwindelig, doch sie fängt sich schnell wieder und geht leise an die Tür, bis ihr einfällt, dass sicher jemand davor sitzt. Belinda und Roman schlafen tief und fest. Es muss geregnet haben, Roman hat eine schwarze Trainingsjacke über einen der Stühle gehängt. Alena greift hinein und nimmt sich einen Schein aus einem großen Bündel.

Sie geht zum Fenster, dabei muss sie ihr Spiegelbild ansehen, sie hat sich schon kurz nach dem Duschen gesehen und würde es am liebsten nie wieder tun. Benjamin hat sie nicht getötet, nicht körperlich, doch die alte Alena gibt es nicht mehr, nie wieder. Sie fasst an ihre kurzen Haare, sie war immer so stolz auf ihre lange Mähne, sie sieht auf die furchtbare Wunde über ihrer Nase.

Es ist genau die Stelle, die bei Benjamin vernarbt ist, er hat sie ihr mit einem Messer eingeschnitten und sobald sich Schorf darauf gebildet hat, hat er die Wunde wieder geöffnet, damit dort eine Narbe bleibt. Morgen sollen viele Untersuchungen an Alena vorgenommen werden, um zu sehen, wie weit sie wirklich zerstört ist, doch wenn Alena nicht bald Schlaf bekommt, dreht sie vollkommen durch.

Ihr Zimmer ist im ersten Stock, vor ihr ist ein flaches Dach. Alena ist barfuß und trägt nur einen grauen Jogginganzug, doch es schmerzt sie nicht, als sie auf die kleinen Kieselsteine tritt. Sie spürt solche Schmerzen kaum noch, schnell geht sie zum Rand des Daches, sie würde springen, doch es gibt eine kleine Feuerleiter und ganz schnell ist sie am Boden.

Vielleicht schafft sie es, Elian zu treffen und ein paar Stunden zu schlafen, ohne dass es jemand merkt. Eigentlich ist es ihr egal, was die anderen sagen, sie braucht diesen Schlaf, alles andere ist ihr momentan nicht wichtig, doch vielleicht schafft sie es, ohne irgendwelchen Ärger zu machen.

Alena läuft schnell zu einer Reihe von Taxis und steigt im letzten ein. Der alte Mann sieht sie nur durch den Rückspiegel an. »Könnten Sie mich zur Cuidad der Los Puentes fahren? Wissen Sie, wie Sie dahin kommen?« Der Mann lacht leise auf. »Natürlich weiß ich das, aber da kommt man nicht so einfach ran, ich kann Sie dort in die Nähe fahren, mal sehen, wie weit wir kommen. Geht es Ihnen gut?«

Alena lächelt, sie weiß überhaupt nicht, was sie Elian sagen soll, ob sie ihn überhaupt treffen soll, doch allein der Gedanke an ein paar Minuten Ruhe, die er ihr vielleicht verschaffen kann, ist schon so unglaublich befreiend.

»Ja, mir geht es bald wieder gut.«

»Okay, sag mir Bescheid, wenn etwas ist oder du Hilfe brauchst. Ich fahre morgen mit Suela zu Sofia, vielleicht schaffst du es auch, dorthin zu kommen. Ich bezweifle, dass deine Familie mich zur Zeit in die Nähe von Alena lässt.« Camilla hört die Tür zu Dantes Haus zuschlagen und sieht ihm entgegen, während sie das Gespräch mit Belinda beendet.

Er wirkt müde und geschafft, was nach den letzten Tagen kein Wunder ist. Sie sind kaum zur Ruhe gekommen und haben nur sehr wenig Zeit für sich gehabt. Suela ist jetzt bei ihnen, sie wollen sie zur Zeit nicht zurücklassen und riskieren, dass Benjamin ihnen folgt und so erfährt, wo die Zwillingsschwestern und die anderen leben. So ist es sicherer.

Vidals Vater, seine Mutter und Benitos Vater sind gekommen. Es war fast schon gruselig, wie sie auf all die Geschehnisse reagiert haben, besonders als sie das von den verstoßenen Kindern erzählt haben und Suela gestanden hat, dass eine von denen in einem gut geschützten Hotel ist und sie auf die Blutergebnisse warten. Es war, als hätte man ihnen erzählt, dass tote Geister wieder lebendig geworden sind, im Grunde ist es ja fast so.

Sie war nicht dabei, als Elian Alena gefunden und gerettet hat, doch es muss schlimm gewesen sein, besonders als Dante Vidal davon abhalten musste, ins Feuer zu rennen, um zu versuchen, seinen kleinen Bruder zu retten. Sie haben nur kurz gesprochen, doch Dantes angespanntes Gesicht verrät, wie fertig er ist.

»Suela ist noch bei Vidal und Elian drüben.« Dante nickt und setzt sich zu ihr. »Ich weiß, ich war gerade auch noch da. Elian wird wieder.« Camilla legt ihr Handy zurück auf den Tisch. »Das war Belinda, Alena ist wohl in einer sehr schlechten Verfassung.« Dante sieht auf den Boden. »Ich habe sie kurz gesehen, auch wenn wir mit ihnen verfeindet sind, wünsche ich das, was ich gesehen habe, niemandem, nicht einmal meinen schlimmsten Feinden.«

Camilla legt ihre Hand auf Dantes Hand, sie ist selbst noch völlig aufgewühlt und durcheinander, sie weiß momentan noch nicht einmal, wie alles weitergeht, was morgen sein wird, wann sie wieder an die Uni kann, wann sie wieder bei Pablo arbeiten können. Die letzten Tage auf der Suche nach Alena hat sie Belinda oft gesehen, ein ungutes Gefühl im Inneren prophezeit ihr, dass dies nun nicht mehr so oft sein wird. Auch wenn sie sich momentan selbst so fühlt, als würde sie ohne Halt in der Luft schweben, spürt sie, dass da bei Dante noch mehr ist.

»Ist alles in Ordnung?« Dante verschränkt ihre Hände miteinander und lächelt matt. »Es ist nichts in Ordnung, Camilla, wirklich nicht einmal eine Sache und es tut mir so leid.« Camilla setzt sich komplett auf, um ihn besser ansehen zu können. »Es tut dir leid? Du kannst nun wirklich nichts …«

Dante nimmt ihre Hand an seinen Mund und küsst ihren Handrücken. »Es tut mir leid, dass du all das jetzt miterleben musst. Damals wusste ich ganz genau, dass du recht hast. Mit allem, was du damals angezweifelt hast, dass du dich lieber von mir, meinem Leben und all diesen Gefahren ferngehalten hast, doch ich war zu egoistisch. Ich wollte dich unbedingt, Camilla, ich habe ständig an dich gedacht.« Nun lächelt Camilla, doch Dante bleibt völlig ernst.

Es ist Wahnsinn, wie sehr sie ihn bereits liebt, seine dunklen Augen brennen sich in ihre, damit sie seine Worte auch wirklich ernst nimmt, sie saugt jeden Zentimeter seines hübschen Gesichtes auf und wünschte, er würde nicht so reden. Wie kann er das zwischen ihnen bereuen.

»Hätte ich damals einfach die Hände von dir gelassen, wäre dein Leben jetzt völlig unkompliziert und harmlos verlaufen. Du würdest so leben wie vorher. Arbeiten, zur Uni gehen, weggehen. Du hättest den Mord nicht gesehen, all diesen Wahnsinn nicht mitbekommen.« Dante wischt sich müde mit seiner rechten Hand über sein Gesicht.

»Ich war kurz in diesem Gebäude, wo der Irre alles Mögliche gesammelt hat. Camilla, da sind auch viele Bilder von dir und das ist meine Schuld. Dass du jetzt von so einem Psychopathen gesucht wirst, hast du mir und meinem verdammten Leben, in das ich dich gezogen habe, zu verdanken. Dieses Leben ist nicht gut für dich.«

Camilla spürt die Änderung in Dantes Stimme. »Natürlich ist das Leben schwer, doch ich bereue es nicht, mich auf dich eingelassen zu haben. Ich fühle mich wohl bei dir.« Dante streicht Camilla eine Strähne nach hinten. »Ich liebe dich, Camilla, doch ich bereue es so sehr, dich in all das hineingezogen zu haben. Ich habe dein schönes, ruhiges Leben in etwas Schreckliches verwandelt und dafür gesorgt, dass so ein Monster hinter dir her ist. Als ich Alena vorhin gesehen habe, habe ich mir vorgestellt, du hättest das sein können und ich darf das nicht zulassen.«

Langsam wird Camilla immer unruhiger. »Was willst du mir damit sagen, Dante? Ich meine, du sagst mir, du liebst mich und gleichzeitig wünschst du dir, dass ich nicht mehr in deinem Leben bin? Verstehe ich das richtig?« Dante sieht geknickt auf den Boden. »Weil ich dich liebe, möchte ich dir das nicht antun. Sieh dir doch an, wie es den Frauen in unserer Familie geht, Camilla. Meine Mutter ist in der Psychiatrie, keine Frau ist ohne Schäden, sie alle sind unter diesem Leben zerbrochen. Willst du mit so einer Gefahr im Rücken Kinder bekommen?«

Die Tür geht auf und Suela kommt herein, sie sieht, dass etwas nicht stimmt und stockt, erst da spürt Camilla die Tränen, die sie weint, davor war sie zu erstarrt, um sie zu spüren. Dante steht auf und zeigt zu seiner Schwester. »Ich verstecke meine eigene Schwester, wie soll das mit meiner Frau und meinen Kindern sein? Wir sind nicht geeignet dafür, so ein Leben zu leben, Camilla, so gerne ich es mit dir haben würde, aber ich kann dir das niemals bieten.«

Camilla steht auch auf, will etwas sagen, doch Dante hebt die Hand und Camilla sieht, dass er selbst mit den Tränen kämpft, sie kann sie tief in seinen Augen sehen und noch immer versteht sie nicht, was hier gerade passiert.

»Wie gesagt, Camilla, ich liebe dich mehr als sonst jemals etwas und ich werde dafür sorgen, dass dieser Psychopath dir nicht zu nah kommt und gleichzeitig, dass du nie wieder so leiden musst und in solch einer Gefahr bist. Lieber leide ich mein leben lang, als dir dieses Leben anzutun.«

Er dreht sich um und geht, Suela steht genau wie Camilla stocksteif da. Erst als die Tür ins Schloss fällt, kommt Suela zu ihr und Camilla realisiert Dantes Worte und was gerade passiert ist und bricht weinend zusammen.

»Das macht achtzig Dollar.« Elian kann den Blick nicht von der Schönheit neben sich an der Kasse der Tankstelle nehmen, er weiß, dass er starrt, doch das ist egal. Die grünen Augen, das schöne Gesicht, die Haare, die Figur, er hat noch nie eine schönere Frau gesehen.

Die Frau aber sieht ihn nur entnervt an und wippt ungeduldig mit dem Fuß. Ihre schönen Lippen öffnen sich, doch es kommt kein Ton aus ihrem Mund, ihr Gesicht verzieht sich, noch immer schön, doch es wird schmaler, vor seinen Augen verändert sich ihre Haut, sie blutet und ihre Haare fallen aus.

Elian starrt sie weiter an, dieses Mal aber geschockt, doch egal, was sich an ihr verändert, sie bleibt immer wunderschön, sein Gesichtsausdruck wird aber immer verzweifelter. »Was ist das für eine ...« Plötzlich ist er woanders, in einem dunklen Raum, Elian erkennt fast gar nichts, bis auf einen kleinen Lichtstrahl, zu dem er geht und in dem er in einen weiteren Raum tritt.

Benjamin steht um einen Tisch herum und die hübsche Frau ist auf dem Tisch gefesselt, wieder hat sie ihren Mund geöffnet, wieder kommt kein Ton heraus, wie ein stummer Schrei. Benjamin setzt an mit einem Messer und führt es zu ihrem Gesicht. Elian rennt los, um ihn zu stoppen, doch je schneller er rennt, umso weiter entfernt sich der Tisch und plötzlich kommt aus dem Mund ein Klingeln, es klingelt immer lauter ...

Elian erhebt sich in seinem Bett und schüttelt den Traum von sich, es war klar, dass er das nicht so leicht loswerden wird. Als er nach seinem Handy greift, flucht er auf, die Schmerzmittel lassen nach und die Verbrennungen und die Schusswunde tun höllisch weh.

»Was?«

»Elian, hier ist ... diese Alena, du weißt schon, von den Sombras, die du gefunden hast.« Es sind die Männer, die heute vor dem Tor Wache haben.

»Wie? Was macht sie da?«

»Keine Ahnung, sie redet nicht mit uns, sie hat nur nach dir gefragt. Ich weiß, wenn jemand der Sombras auftaucht, sollen wir sofort handeln, doch nach der Sache mit Vidal und dieser Belinda und dass du ihr hier geholfen hast ... Ich dachte, ich frag lieber nach.«

Elian flucht leise auf und steht auf.

»Ich komme, keiner tut ihr etwas!«

Elian trägt nur eine schwarze Sporthose, die ihm bis zu den Knien geht, er nimmt sich ein weißes Shirt mit. Es tut zu weh, sich das überzuziehen, trotzdem steckt er sich wie immer eine Waffe in den Hosenbund. Was soll das? Wollen ihn die Männer verarschen? Er hat selbst gesehen, wie sie ins Krankenhaus gebracht wurde, nachdem man sie aus seinen Armen gehoben hat.

Elian zieht sich seine Sneakers an und geht schnell aus dem Haus, dabei läuft er fast in seinen Bruder hinein.

»Sag mir, dass das nicht wahr ist.«

Kapitel 12

Elian hält sich die Schulter, die immer noch schmerzt und Vidals düstere Miene wird etwas milder. Sie beide sind Anführer, haben Hunderte Männer hinter sich, die nur auf ihre Anweisungen warten. Sie haben schon sehr viel Blut gesehen und viel miterlebt, doch Elian ist immer noch Vidals jüngerer Bruder und Elian hat Vidals Erleichterung gesehen, als er lebendig mit Alena aus dem Feuer gekommen ist.

Vidal hat danach seine Seite nicht verlassen und Elian hat in seinen Augen die Sorgen eines älteren Bruders erkannt, als er verarztet wurde. Danach ist Vidal kurz zurück zum ehemaligen Zoo gefahren und ist dort auf Alejandro gestoßen. Vidal hat Elian danach nach Hause gebracht, sie hatten eine kurze Besprechung und sein Bruder hat sicherlich auch gewartet, bis er eingeschlafen war. Elian weiß es nicht mehr, er war zu fertig und auch jetzt gerade spürt er, dass es noch viel zu früh ist, um wieder auf den Beinen zu sein. Sein Körper fühlt sich gerade an, als wäre er aus einem Hochhaus gesprungen.

»Was tut sie hier?« Elian würde seinem Bruder am liebsten den Hals umdrehen, er trägt noch immer nur die schwarze Shorts und kann noch nicht einmal richtig seine Augen aufhalten. »Woher soll ich das wissen? Sie dürfte noch nicht einmal auf den Beinen sein, woher weiß sie überhaupt, wo wir wohnen? Vielleicht hat Belinda sie hergebracht.«

Vidal wird schneller und Elian muss sich beeilen, um Schritt zu halten. Es ist sehr ruhig in der Cuidad, auch wenn es mitten in der Nacht ist, ist es normalerweise nie so leer und still. Die letzten Tage haben alle mitgenommen und bevor sie sich in die Häuser zurückgezogen haben, gab es eine kleine Besprechung.

Elian kann das, was er in diesem Affenhaus gesehen hat, nicht vergessen und hat sich geschworen, dass er diesen Benjamin dafür zur Verantwortung ziehen wird. Vidal hat ihnen gesagt, dass sich die Cinco Sombras darum kümmern werden, was mit den restlichen Menschen auf der Insel passiert, Elian ist dagegen. Sie können denen nicht trauen, auch wenn es ein paar Tage geklappt hat mit der Zusammenarbeit, bedeutet das nicht, dass damit die letzten Jahre vergessen wurden. Sie werden selbst dahin fahren, er will das alles mit seinen eigenen Augen sehen, diesen Leuten in die Augen blicken und gucken, ob sie auch diesen Wahnsinn in den Augen haben.

Er wird nicht zulassen, dass noch einmal so ein Wahnsinniger hinter ihnen her ist und er wird sich danach persönlich um Benjamin kümmern. Er hat Cousinen und solange er frei herumläuft, ist die Gefahr, dass etwas passiert, viel zu groß. Dieser Mistkerl wollte Elian brennen lassen? Er wird noch viel größere Qualen erleiden, wenn Elian ihn in den Händen hat.

Sie erreichen das Tor, offenbar haben die Wachen nur Vidal und ihn informiert. Vor den zwei Männern steht zart und zerbrechlich Alena, sie ist allein und hält den Kopf gesenkt. Sie trägt einen grauen Jogginganzug, der viel zu groß an ihr wirkt. Elian reibt sich kurz über die Augen, sein Traum kommt ihm wieder in die Gedanken, er träumt sogar von ihr, allerdings sollte ihn das nach dieser Befreiungsaktion nicht wundern.

»Was ist hier los?« Vidal war schneller und bei der donnernden Stimme seines Bruders zuckt Alena sofort zusammen. »Ein Taxi hat sie hergebracht, sie möchte kurz mit Elian reden.« Elian tritt nach vorn und bleibt genau vor Alena stehen. Ein merkwürdiges Gefühl breitet sich in seinem Bauch aus, sie sieht etwas besser aus, doch noch lange nicht wieder in Ordnung. Ihre Haare sind nicht mehr so wild, sie sind kurz, aber irgendwie steht ihr das sogar, man erkennt mehr von ihrem hübschen Gesicht.

Die tiefe Wunde über ihrer Nase ist nicht abgedeckt, die tiefen Ränder unter ihren Augen noch da, doch sie wirkt trotzdem nicht mehr ganz so geschwächt. »Alena, du sollst doch sicherlich im Krankenhaus sein.« Was für eine bescheidene Feststellung von ihm, doch er fühlt sich sofort wieder eingeschränkt in seiner Wahrnehmung, wenn er ihr so gegenübersteht.

Sie ist eine Sombras, seine Feindin, er könnte jetzt einen Krieg anfangen, doch er kann diese Bilder nicht vergessen. Wie sie in diesem Käfig eingesperrt war, nackt, hilflos, verletzt und gedemütigt. Er kann nicht vergessen, wie schwach sie sich in seinen Armen angefühlt hat und dass sie ihm gesagt hat, dass sie ihm vertraut. Sie hätten beide sterben können, doch sie haben überlebt und Elian wird sicherlich diese Minuten niemals wieder aus seinem Gedächtnis streichen können.

Alena hebt ihren Kopf und sieht direkt in seine Augen, er bemerkt sofort, dass es ihr unangenehm ist, sie schämt sich und sieht ihn flehend an. »Kann ich kurz mit dir alleine sprechen?« Vidal fasst sich an die Hüften und sieht zwischen Elian und Alena hin und her. Elian kennt seinen Bruder, er ist nur wenige Schritte davon entfernt auszurasten, doch er versucht sich zurückzuhalten.

Natürlich wird auch er die Bilder nicht vergessen, wie Elian Alena befreit hat. Elian weiß, dass Vidal ungefähr weiß, was Benjamin mit Alena angestellt hat, es soll Bilder geben, die er gesehen hat, doch Bilder sind noch einmal etwas anderes, als es mit den eigenen Augen zu sehen, deswegen nickt Elian und geht mit Alena zwei Schritte weiter weg von der Cuidad, Vidal und den Männern.

»Es tut mir leid, ich weiß, ich sollte nicht hier sein ...« Elian steht nun sehr nah vor ihr, er kann ihren süßen Duft wahrnehmen. »Dass du hier bist, kann sofort einen Krieg auslösen. Wer weiß, dass du hier bist?« Alena hebt hilflos die Arme, dabei erkennt Elian, dass sie an den Handgelenken und den Armbeugen blutet. Ohne sich groß darüber Gedanken zu machen, nimmt er ihren Arm in seine Hand und schiebt den Jogginganzug nach oben.

»Niemand, oder? Du hast alles alleine entfernt.« Es blutet nicht sehr stark und Alena entzieht ihren Arm seiner Hand. Als er wieder in Alenas Gesicht sieht, hat sie Tränen in den Augen, sie presst die Lippen zusammen und Elian kann nur erahnen, wie viel Überwindung sie all das kostet. »Ich kann nicht schlafen.« Elian sieht sie fragend an. »Du wirst schon schlafen können, ich meine, ich weiß ja, dass du ... nicht schlafen durftest und ...«

Alena wischt sich die Tränen weg. »Ich bin unglaublich müde, ich würde alles dafür tun, endlich schlafen zu können, doch es geht nicht. Jedes Mal, wenn ich die Augen schließe, ist es wieder, als wäre ich noch da. Das einzige Mal, dass ich bisher wenigstens für ein paar Minuten Ruhe hatte, war, als du bei mir warst.« Elian würde am liebsten wieder zwei Schritte zur Cuidad gehen und sich von Alena entfernen.

»Ich habe dich da rausgeholt, wir sind durch Feuer gerannt, ich bezweifle, dass du da wirklich zur Ruhe gekommen bist.« Alena nickt und ihre Wangen färben sich rötlich. »Doch, innerlich war ich ruhig, ich wusste, dass alles gut wird.« Es ist selten, doch genau in dem Moment fasst auch er sich an die Hüften, wie sein Bruder es gerade getan hat und atmet tief ein, was soll er dazu sagen? Er sieht Alena dabei ganz genau in die Augen, dann fährt er sich durch die Haare. »Und wieso denkst du, ich kann dir helfen zu schlafen?«

Nun ist es ganz vorbei und Alena beginnt richtig zu weinen. »Ich weiß es nicht, es tut mir so leid. Mir ist das alles sehr unangenehm, nach allem was du für mich getan hast und jetzt stehe ich hier und belästige dich mit so etwas, doch ich weiß keine andere Lösung und ich muss dringend schlafen, ich würde gerade alles dafür tun, nur ein paar Minuten Ruhe zu finden. Ich weiß nicht, was mit mir los ist, ich bin mir selber fremd!«

Elian räuspert sich. »Schon gut, nur ... hör auf zu weinen. Es wird eh Ärger geben, dass du hier bist und ...« Er dreht sich um und sieht zu seinem Bruder, der sie beide beobachtet. »Komm.« Sie gehen zurück zur Cuidad und zu Vidal. »Wenn ich dich einfach hierbehalte, gibt es Krieg, die werden dich sicherlich schon suchen. Ich bringe dich zurück zum Krankenhaus ...« Alena bleibt stehen und will etwas sagen, gleichzeitig schüttelt Vidal den Kopf, er muss Elian für verrückt halten. »Keine Angst, wir werden schon eine

Lösung finden, komm erst einmal, hier kannst du nicht bleiben. Ich bringe dich zurück.«

Es gibt nichts, was Santos mehr hasst, als den Geruch von Krankenhäusern. Er knackt seine Knochen und erhebt sich. Er ist im Sitzen eingeschlafen, Ponce liegt an ihn gelehnt und schläft ebenfalls. Suerte und Levi liegen halb auf der Bank neben ihnen. Sie alle sitzen vor dem Zimmer, in dem Alena verarztet wurde und sich jetzt ausruht. Roman war nur kurz draußen und hat auch nur sehr vage umschrieben, was der Arzt gesagt hat. Santos braucht es gar nicht alles zu wissen, der Anblick seiner Cousine hat ihm gereicht, um diesen Benjamin in Fetzen zu reißen, wenn er ihn erwischt und das wird er, das hat sich Santos geschworen.

Es war merkwürdig, sie alle waren so froh, Alena lebendig zu sehen und doch hat es jeden tief getroffen, sie so zitternd, nackt bis auf das Shirt von Elian und schwer misshandelt vor sich zu haben. Sie wollte sich von niemandem anfassen lassen und hat mit keinem gesprochen. Sie wird Zeit brauchen und sie alle werden ihr dabei helfen, dass diese Wunden wieder heilen.

»Wie süß!« Santos hat nicht gemerkt, dass Alejandro vom Fahrstuhl zu ihnen tritt. Santos sieht auf seine Schulter, an der Ponce fest schläft und wieder zu seinem ältesten Bruder, der genauso mitgenommen aussieht, wie er sich fühlt.

»Die Männer durchkämmen weiter alles. Papa wird jeden Moment kommen, er will sich dieses Giraffenhaus nochmal ansehen und dann werden wir alles verbrennen. Alle sind erleichtert, aber auch erschöpft. Ich habe den Männern gesagt, dass wir uns heute und morgen ausruhen und darauf konzentrieren, hier alles zu sichern, danach jagen wir diesen Bastard und finden ihn.«

Santos streckt sich, dabei wird Ponce etwas unsanft wachgemacht. »Was ist mit dieser Insel und den Leuten darauf?« Alejandro lächelt über Ponces müdes Gesicht und seinen leichten Faustschlag auf Santos' Schulter. »Damit fangen wir übermorgen gleich an.« Santos nickt und erhebt sich. »Passt gut auf Alena auf. Ich bin in zwei Tagen wieder da.« Alejandro hebt die Hände. »Ist das dein Ernst? Wo willst du hin? Jetzt?«

Santos streicht sich sein Shirt glatt und sieht auf sein Handy. »Ja jetzt, ich bin in zwei Tagen wieder da. Ich muss etwas klären und wir können momentan eh nicht zu Alena.« Sein ältester Bruder ahnt, was er vorhat. »Papa kommt morgen früh an.« Santos lacht und geht langsam in Richtung Fahrstuhl. »Umso besser, wenn ich dann weit weg bin. Er wird euch allen den Hals umdrehen, dafür, dass ihr ihm nichts von Alenas Verschwinden gesagt habt.« Alejandro ist schon dabei, die Tür zu öffnen und will gerade etwas sagen, da sieht er wieder zurück auf den Flur. »Wieso ist Alena nicht in ihrem Bett?«

Santos kommt zurück, auch die anderen werden langsam wach und kommen zum Zimmer. »Sie ist nicht rausgekommen, ich war vor zwei Stunden drinnen, da haben Belinda und Roman geschlafen, Alena hat die Decke angestarrt, ich habe versucht, mit ihr zu reden, doch sie hat nicht reagiert.« Ponce sagt die Wahrheit, Santos war dabei. Sie wollten Alena in Ruhe lassen, verdammt, um ehrlich zu sein, weiß keiner von ihnen so richtig damit umzugehen.

Alejandro reißt die Tür zum Badezimmer auf, das lässt auch Belinda und Roman wach werden. »Alena?« Roman ist auf den Beinen. »Wo ist sie?« Sie sehen sich um, nirgendwo eine Spur von Alena. »Als ich eingeschlafen bin, habe ich vorher das Fenster geschlossen, damit keine Mücken reinkommen.« Belinda meldet sich zu Wort. Alle sehen zum leicht geöffneten Fenster. »Verdammt! Weißt du, wo sie hin ist? Sie ist schwer verletzt, was soll das?«

Santos reagiert schnell, als Roman auf Belinda losgehen will, er hält ihn zurück. »Ist das dein Ernst? Ich habe genauso geschlafen wie du? Ich weiß nicht, wo Alena hin ist, wieso …?« Roman ist kaum noch zu halten. »Sicher Belinda? Seit du da bist, hat all diese Scheiße doch erst angefangen. Alena hat uns vorher nie etwas verheimlicht, also sag schon, wo sie hin ist! Das ist hier kein Spiel, kapierst du das nicht?«

Alejandro tritt auch vor. »Ich weiß, dass du sauer bist, aber schrei sie nicht so an.« Er wendet sich an ihre Schwester. »Belinda, weißt du wirklich nicht, wohin Alena gegangen ist?« Nun sieht ihre Schwester sie nacheinander mit Tränen in den Augen an. Suerte räuspert sich. Santos hat seine hübsche Schwester schon tief in sein Herz geschlossen, doch er kann Roman verstehen. »Glaubt ihr das wirklich? Alle?«

Roman befreit sich von Santos und öffnet das Fenster. »Wir haben keine Zeit für diesen Scheiß, ruf alle an!« Doch Alejandro sieht Belinda weiter an. »Er hat in der Sache recht, Belinda. Alena hätte sich niemals mit den Frauen der Puentes getroffen und so einen Plan erstellt, selbst wenn es nur gut gemeint war, war es falsch und Alena hat solche Sachen niemals gemacht ...« Roman rennt an ihnen vorbei. »Kommt schon, wir müssen sie sofort finden, er darf sie nicht noch einmal bekommen.«

Das alles ist eine ganz beschissene Idee, Elian ist müde und seine Schusswunde schmerzt immer mehr, er will auch gar nicht hier sein, er will in sein Bett, doch er konnte Alena nicht allein nach Hause schicken. Und er weiß auch nicht, wie er ihr klarmachen soll, dass er nicht bei ihr bleiben kann, wenn sie ihn so verzweifelt ansieht.

Elian musste lange mit Vidal verhandeln, um nicht noch mehr Männer mitzunehmen, dass er ihn begleitet, konnte er nicht verhindern, das könnte er nie. Alena hat die ganze Fahrt eingesunken in ihrem hinteren Sitz aus dem Fenster gestarrt, während Elian überlegt hat, wie er ihr erklären kann, dass das nicht geht.

Sie weiß, wer sie sind, dass ihre Familien verfeindet sind und sie sich nicht einmal begegnen sollten, doch momentan ist Alena natürlich nicht bei klarem Verstand, deswegen muss er ihr das behutsam beibringen.

Als sie einige Minuten später aber zum Krankenhaus laufen, weiß Elian, dass er ihr das nicht behutsam beibringen kann. Er wollte es ihr erklären und sie dann allein zurück zu ihrer Familie gehen lassen, doch genau in dem Moment stürmen ihr Bruder und ihre Cousins aus dem Krankenhaus und rennen fast in sie hinein. »Du verdammter Dreckskerl, ich bringe dich um, was machst du mit meiner Schwester?«

Roman zieht so schnell seine Waffe, dass Elian nicht einmal reagieren kann, er hat nicht damit gerechnet, Vidal allerdings schon. Und wäre Alejandro nicht noch schneller, um sich vor Roman zu stellen, wäre das Ganze innerhalb einer Sekunde eskaliert. »Deine Schwester ist zu uns gekommen, mit einem Taxi und hat nach meinem Bruder gefragt und wir sind so nett und bringen sie wieder her. Muss ich euch daran erinnern, was wir machen dürfen, wenn wir jemanden von euch auf unserem Gebiet finden?«

Vidal kocht vor Wut, Elian steht neben Alena und würde am liebsten laut losfluchen. In dem Augenblick, als ihr Bruder auf sie zugerannt ist, ist Alena schutzsuchend zu ihm gewichen. Was stimmt mit der Frau nicht? Sie kann doch nicht zu ihm, zu ihrem Feind, flüchten.

»Was tust du, Alena? Wieso bist du weggegangen? Und wieso gehst du zu denen?« Roman wird von Suerte gehalten, Alejandro ist ruhig, etwas zu ruhig, aber vielleicht ist es besser, wenn jemand einen kühlen Kopf bewahrt. Alle haben die Waffen gezogen, also zieht Elian seine auch.

Alena bleibt genau neben ihm stehen. »Ich weiß es nicht, es tut mir leid, ich kann es nicht erklären. Ich will einfach nur schlafen.« In dem Moment kommen zwei Krankenschwestern heraus und sehen erschrocken zu Alena. »Hier sind Sie, wir suchen Sie. Sie müssen unbedingt wieder an den Tropf und brauchen die nächsten Tabletten.«

Alena nickt, bleibt aber bei ihm stehen. »Es tut mir leid.« Dann sieht sie zu ihm. »Kommst du gleich hoch?« Elian sieht ihr in die Augen, er kann nichts dazu sagen, er hat mit allem gerechnet, aber das hier erwischt ihn eiskalt, vielleicht schläft er noch und träumt. Eine der Schwestern kommt und nimmt Alena vorsichtig am Arm mit ins Krankenhaus, aber erst da bemerkt Elian, dass Roman und Alenas Cousins stocksteif dastehen und zu ihm starren.

Diese Starre dauert aber nur zwei Sekunden an, dann rastet Roman wieder vollkommen aus. »Du ... was hast du mit meiner Schwester gemacht?« Jetzt reicht es Elian auch, er tritt vor und will an Alejandro vorbei. »Ich habe nichts getan, ich weiß nicht, wieso sie das plötzlich möchte, doch wenn ich nicht wäre, wäre sie noch immer bei diesem Psychopathen, also solltest du dir lieber ...«

Die andere Krankenschwester, die noch bei ihnen ist, sieht zwischen allen hin und her, so als würde sie abwägen, ob hier gleich eine Katastrophe ausbricht, doch nun unterbricht sie ihn. »Sie haben sie gerettet?«

Vidal stellt sich wieder neben ihn. »Ja, wieso?« Die Krankenschwester blättert kurz in einer Akte, dann sieht sie sie alle an. »Ich habe ja gerade etwas mitbekommen und vielleicht kann ich Ihnen helfen, die Patientin zu verstehen. Das ist nicht selten, was sie macht.

Sie hat die letzten Tage die Hölle durchquert und ich weiß genug, um das wirklich sagen zu können. Ihr wurde Schreckliches angetan. Wenn man so etwas mitmacht, kommen einem Minuten wie Jahre vor. Das erste Gute nach dieser Zeit, der erste Lichtblick, der der sie da rausgeholt hat und das erste positive Gefühl nach langer Zeit, ist etwas, was die meisten solcher Opfer nicht so schnell loslassen können.«

Elian versteht langsam. »Sie sagt, sie findet keine Ruhe und wenn ich in ihrer Nähe bin, hat sie diese Ruhe.« Roman schnauft böse auf, noch immer haben sie alle die Waffen gezogen, die Krankenschwester schüttelt nur leicht den Kopf und zeigt nach oben.

»Da oben ist eine verängstigte Frau, die Qualen erlitten hat und sich nicht traut, ihre Augen zu schließen. Es ist ein Wunder, dass sie überhaupt noch lebt. Sie musste mehr mitmachen, als ein Menschenverstand ertragen kann, also wenn sie Sie braucht, um für ein paar Minuten Ruhe zu bekommen, dann in Gottes Namen tun Sie das.«

Kapitel 13

»Hi.« Wieder blicken die erschöpften grünen Augen Elian verschämt an. Er betritt das abgedunkelte Zimmer, in dem Alena immer noch in dem grauen Jogginganzug auf dem Bett sitzt und gerade wieder die Infusionen gesetzt bekommt. »Es tut mir leid dass es jetzt Ärger mit meinem Bruder gab. Ich wollte dir keine Probleme machen, es tut mir ...«

Elian schließt die Tür hinter sich und betritt das Zimmer, er setzt sich auf den Sessel, der ans Bett geschoben wurde und winkt ab. »Du entschuldigst dich die ganze Zeit, mach dir nicht so viele Gedanken. Das Einzige, worum du dich kümmern solltest, ist, dass du wieder ... gesund wirst.« Sollte er sagen geheilt? Kann man all das, was ihr angetan wurde, überhaupt heilen?

»Das schaffen wir schon, Sie ruhen sich jetzt bitte wirklich aus, die Sonne geht bald auf und es sollen morgen einige Untersuchungen gemacht werden, Sie brauchen Kraft.« Die Krankenschwester, die ihnen allen unten die Meinung gesagt hat, betritt nun auch leise den Raum und sieht zu ihnen. Es ist selten, dass sich jemand traut, so angstfrei mit ihnen zu sprechen und ihre Worte haben auch geholfen.

Elian wollte Alena nur abgeben, doch er hat verstanden, dass es ihn nicht umbringt, wenn er sich ein paar Minuten Zeit nimmt und ihr hilft, ein wenig Ruhe zu finden. Wie könnte er das ablehnen, nachdem er mit eigenen Augen gesehen hat, was sie erleiden musste.

Alena schämt sich, das spürt man deutlich, als sie sich ihre Haare hinter die Ohren schiebt, sieht sie ihm wieder in die Augen. »Es tut mir wirklich leid.« Elian würde am liebsten den Kopf schütteln, doch er behält Alena einfach nur ganz genau im Auge, beobachtet, wie sie sich vorsichtig nach hinten lehnt, sieht die roten Striemen an ihren Armen von den Seilen, die Elian durchtrennt hat. »Dir braucht gar nichts leidzutun!«

Alejandro und Vidal halten nichts davon, doch vielleicht haben auch sie die Bilder von Alenas Befreiung vor Augen. Alejandro hat Roman zurückgehalten und ihn für Alena gebeten, Elian wenigstens ein paar Minuten zu ihr zu lassen. Elian hat das nochmal sauer gemacht.

»Hört mir genau zu, ich bin nicht von allein hergekommen, eure Cousine und deine Schwester hat mich aufgesucht. Ich hätte sie auch einfach stehen lassen können oder sie bei uns in der Cuidad behalten können, doch ich habe sie hergebracht und habe mein eigenes Leben aufs Spiel gesetzt, um sie da rauszuholen. Wenn einer von euch also noch einmal seinen Mund aufmacht und andeutet, ich könnte ihr etwas tun, stopfe ich euch den Mund. Ich habe gesehen, was sie mitgemacht hat und das hat niemand verdient, nicht mal eine Sombras ...«

Die Worte sind hart aber ehrlich gemeint und erneut ist Roman dabei auszurasten, dieses Mal tritt Santos vor. »Wir haben dir schon gedankt und es denkt auch niemand, dass du Alena etwas antun wirst. Wenn es wirklich so ist, wie die Krankenschwester sagt, wäre es vielleicht wirklich gut, wenn du kurz bei ihr bist, zumindest bis sie eingeschlafen ist.« Elian ist dann einfach nach oben gegangen und keiner hat ihn daran gehindert, die Situation ist bizarr, er will nicht hier sein und keiner möchte ihn hier haben und doch tut er es.

Die Krankenschwester hat ihn zu Alenas Zimmer geführt, vor deren Tür saß nur noch Belinda, der man sofort angesehen hat, dass sie viel geweint hat. »Ist alles in Ordnung?« Elian würde am liebsten fragen, ob er Vidal anrufen soll, Belinda sieht gar nicht gut aus, doch direkt hinter ihm laufen ihre Brüder und setzen sich dann zu ihrer Schwester. »Ja danke, es geht schon.«

Jetzt sitzt er hier und beobachtet Alena dabei, wie ihr noch einmal Fieber gemessen wird, so verrückt es klingt und so sicher er auch weiß, dass es so ist, er kann sie einfach nicht mit den Cinco Sombras verbinden. Natürlich weiß er, dass sie zu der Familie gehört, doch wenn er an die vielen Leute vor der Tür denkt und sie hier im Raum ansieht, fühlt sich das komplett anders an. »Ich gehe jetzt raus und sage, dass es noch etwas dauern kann und keiner stören darf, weil noch Untersuchungen gemacht werden sollen. So verschaffe ich euch etwas Ruhe.« Die mutige Krankenschwester wendet sich an ihre Kollegin. »Imi, gehst du, wenn du fertig bist, aus der Seitentür raus?« Die Krankenschwester, die ihnen allen die Stirn geboten hat, lächelt noch einmal mild und verlässt den Raum wieder leise.

Elian weiß gar nicht, ob Alena das überhaupt noch mitbekommt. Nachdem sie ihren Kopf auf das Kissen gelegt hat, kämpft sie gegen die Müdigkeit an, bis ihr die Augen zufallen. Die andere Schwester misst ihr noch einmal den Puls und lächelt, als auch sie Alenas Kampf gegen das Zufallen ihrer Augen bemerkt. »Ruhen Sie sich aus, bis in ein paar Stunden.«

Die Schwester verlässt wirklich durch eine kleine Seitentür das Zimmer, sodass Alenas Familie noch eine ganze Weile denken wird, dass sie noch untersucht wird. Elian räuspert sich, als er Alenas Blick wieder auf sich spürt. Die grünen Augen sind nur noch ganz leicht geöffnet. »Weißt du noch, als ich dich gefragt habe, ob du mir vertraust?« Sie nickt. »Ich bin jetzt hier, du kannst mir vertrauen, schlaf ruhig, ich passe auf, dass niemand in deine Nähe kommt.« Mehr braucht es gar nicht, ihre Augen schließen sich und Alena bekommt den Schlaf, den ihr Körper so sehr braucht.

Eine ganze Weile sitzt Elian da und betrachtet ihr Gesicht, die Sonne geht langsam auf und in diesem Licht sieht sie noch schöner aus als sie ohnehin schon ist. Wäre Alena eine Frau seiner Familia, hätte er dafür gesorgt, dass sie zu ihm gehören würde, so beobachtet er die verletzte Schönheit nur, bis es immer heller wird und er aufsteht und die Vorhänge schließt. Sie braucht noch mehr Ruhe, auch er spürt die Müdigkeit, er sollte nach Hause gehen und seinem Körper ebenfalls Ruhe gönnen.

Elian bekommt eine Nachricht von Vidal. 'Wie lange willst du da noch Händchen halten? Komm her und ruhe dich selbst aus. Wir haben bald genug zu tun und ich brauche dich in Top-Form.'

Elian lacht leise, er hat Vidal nach Hause geschickt, als er ins Krankenhaus gegangen ist. Sein älterer Bruder hat ihn nur sehr ungern allein gelassen, doch er hätte mit den anderen draußen warten müssen, das wollte aber Elian nicht riskieren und hat ihm versichert, dass er nur kurz bleiben wolle und alles in Ordnung sei. Auch wenn jeder andere die Anweisungen eines Anführers darin lesen würde, liest Elian die Sorge seines Bruders in den Worten.

Er ist schon halb an der Tür, als er noch einmal auf die schlafende Alena sieht, die gerade etwas unruhiger wird. Elian kann nur hoffen, dass sie in ihren Träumen nicht noch einmal diesen Albtraum durchleben muss, doch so wie sich ihr Gesicht verzieht, wird sie das wohl müssen. Er hat ihr gesagt, dass er da ist und dass er auf sie aufpassen wird. Er sieht zur Tür und flucht leise, bevor er sich wieder an ihr Bett setzt und Vidal eine Nachricht schreibt:

'Es wird noch etwas dauern.'

Santos betritt genervt die vierte Uni, ihm bleibt nichts anderes übrig, als die sieben Unis abzufahren, die ihm nicht gesagt haben, ob Lilly dort studiert. Drei hat er schon durch und jetzt weiß er genau, wie er viel Zeit sparen kann. Auch wenn er auf dem Flug einiges an Schlaf nachholen konnte, ist er noch sehr müde. Während er zum Sekretariat geht, wählt er Alejandros Nummer, der sich auch schnell meldet. »Ihr geht es gut.« Santos ist beruhigt, das ist gut. Sie soll endlich etwas Schlaf nachgeholt haben. Schlaf bedeutet immer Heilung, obwohl er sich ziemlich sicher ist, dass sich Alena davon nicht richtig erholen kann.

Er kann sie noch immer sehen, wie sie zitternd in Elians Armen lag und dann in denen von Roman. Noch nie hat er Roman so wütend und verzweifelt gesehen wie in diesem Moment, auch ihn hat das tief getroffen.

Warum hat dieser Benjamin nicht ihn statt Alena gefangen genommen? Jeden, aber nicht seine süße Cousine, die ihnen als Kind immer stundenlang überallhin gefolgt ist. Nicht seine kleine Alena. Santos liebt ihr Lachen so sehr und er wird alles dafür geben, es wieder zu hören, doch erst möchte er das hier klären, solange Alena schläft und ihre äußeren Wunden zu heilen beginnen.

Es ist voll im Sekretariat, doch Santos hat keine Zeit und geht an der Schlange vorbei. »Hey, das geht so nicht. Du musst dich wie alle anderen ...« Santos dreht sich zu dem Hobbysportler um, der wirklich dachte, er könne ihm etwas sagen, aber der versteht offenbar mit einem Blick, dass sich momentan lieber keiner in Santos' Weg stellen sollte.

»Ich muss unbedingt erfahren, wo eine ihrer Studentinnen sich gerade befindet.« Die Sekretärin sieht belustigt hoch und hebt ihre schwarze Brille ein wenig an, dabei hüpft der blonde Dutt auf ihrem Kopf ungewöhnlich hoch. »Das geht nicht, wir dürfen ...« Santos legt 200 Dollar unter ein Blatt und schiebt es der Frau zu, die sofort verzückt lächelt. Europa unterscheidet sich doch kaum von Puerto Rico. »Wie ist der Name?«

Zehn Minuten später steht er an einer offenen Saaltür. Dieser Campus ist riesig, doch er hat Lilly endlich gefunden und wenn die Sekretärin keinen Blödsinn erzählt hat, müsste Lilly hier gerade eine Vorlesung haben. Es kommen einige Leute aus dem Saal und sehen auf Unterlagen, vielleicht ist deswegen die Tür geöffnet. Er lehnt sich an den Türrahmen und blickt in den riesigen Saal.

Wie in einigen Filmen gehen die Bänke wirklich nach oben und ein dicklicher Mann mit Glatze steht unten in der Mitte und ruft Namen auf und kommentiert Unterlagen, die er den aufgerufenen Studenten in die Hand drückt. Gerade wird jemand wegen seiner vielen Fehlzeiten ermahnt. Es sind noch immer viele Studenten im Raum und Santos sucht die Reihen ab und fast zeitgleich, als er Lilly entdeckt, wird auch ihr Name aufgerufen.

Sobald er Lilly wieder sieht, beginnt sein Herz augenblicklich, schneller zu schlagen. Es ist krank, sie waren immer eins, Lilly ist ihm vertrauter als sonst ein Mensch, doch die Jahre ohne sie und die Wut, die er all die Zeit verspürt hat, lässt ihn nochmal ganz anders fühlen.

Da ist die tiefe Liebe, die er empfindet und gleichzeitig auch ein aufregendes, neues Kribbeln, fast so, als hätte er sich ganz neu verliebt, vielleicht weil es so lange her ist, dass sie sich nahe waren, dass ihm wieder alles auch so neu und aufregend vorkommt.

Er ist müde, mit den Gedanken bei Alena, er hat Hunger und doch ist er unendlich erleichtert, Lilly gefunden zu haben. Er lächelt, sein Schneeengel, sie sitzt ganz hinten, ihre langen blonden Haare hat sie zu einem unordentlichen Knoten nach oben gebunden, sie hat kein Make-up aufgelegt, sie wirkt nicht mehr ganz so erschöpft und verzweifelt wie an dem Tag, als er sie das letzte Mal gesehen hat, doch auch ihr scheint es nicht gut zu gehen, natürlich nicht, sie hat ja gerade erst ihre Mutter verloren.

Als der Professor ihren Namen aufruft, blickt sie überrascht hoch, als wäre sie die ganze Zeit gar nicht anwesend gewesen. »Es ist eine der besten Arbeiten, die ich hier im Kurs gelesen habe, danke dafür.« Santos ist nicht überrascht, Lilly war schon immer gut in der Schule, sie hat früher seine Hausaufgaben auch immer für ihn mitgemacht. Alle beginnen zu klatschen, Lilly sieht noch verwirrter aus. »Wirklich?« Santos lächelt, als Lilly die Treppen hinuntergeht, der Professor ihr die Arbeit überreicht und ihr noch einmal leise gratuliert.

Santos kann sich gar nicht sattsehen an ihren unordentlichen Haaren, ihrem natürlichen Gesicht. Sie trägt eine hellblaue Jeans, an der die Knie aufgeschnitten sind, graue Leinenschuhe und ein weißes, viel zu großes, Shirt, das sie sich vorne etwas in die Hose gesteckt hat. Sie stopft die Arbeit in ihre viel zu große braune Lederhandtasche und als sie sich zum Wenden umdreht, erblickt sie ihn das erste Mal.

Lilly bleibt stehen, man kann an ihrem Gesichtsausdruck nicht erkennen, wie genau sie es empfindet, dass er da ist, zumindest nicht, bis sie sich wieder fängt, wütend an ihm vorbeigeht und »Was soll das?« zischt. Santos geht ihr hinterher. »Dir muss doch klar gewesen sein, dass zwischen uns noch nicht das letzte Wort gefallen ist. Wir wollten noch einmal alles besprechen.«

Lilly geht den Gang entlang, in dem er die Uni betreten hat und geht durch eine Tür in eine Art Parkanlage auf dem Unigelände. »Ich habe dir einen Brief geschrieben, damit war alles gesagt.« Santos hat genug davon, hinter Lilly herzutrotten und hält sie am Arm zurück. »Du hast mir gesagt, dass du mich genauso liebst wie ich dich immer noch liebe, Lilly, und genau deswegen sollten wir versuchen, nicht mehr voreinander wegzulaufen.«

Lillys blaue Augen bohren sich in seine und Santos muss sich sehr zurückhalten, nicht einfach ihr Gesicht in seine Hände zu nehmen und sie nach all den Jahren endlich wieder zu küssen, in dem Moment spürt er erst wirklich, wie sehr er sich danach sehnt. »Wenn das alles ist, was du aus dem Brief behalten hast, dann hast du dich wirklich kein Stück geändert, Santos!«

Sie ist wütend, doch sie entzieht sich ihm nicht und bleibt vor ihm stehen, ihr Arm liegt noch immer in seiner Hand, das ist gut. »Ich weiß, dass ich Scheiße gebaut habe, Lilly, und ich verstehe jetzt auch, wie sehr ich dich verletzt habe und es tut mir leid. Ich möchte dich wieder in meinem Leben haben, ich weiß auch, dass wir die letzten Jahre nicht ungeschehen machen können, aber das zwischen uns ist doch so viel mehr als diese kleine Distanz, die jetzt zwischen uns ist.«

Lilly schüttelt bei seinen Worten nur leise den Kopf, sie lässt ihn ausreden. »Du hast dich nicht verändert, Santos, sieh doch nur die letzten Tage. Jeden Tag hast du auf meinen Anrufbeantworter gesprochen, bis deine Geduld zu Ende war und du dich wieder anderen Dingen gewidmet hast und so ist das immer. Ich behaupte nicht, dass du mich nicht liebst oder mich jetzt nicht zurück möchtest, doch dieser Zustand hält nicht lange an und du langweilst dich wieder, Santos, und nach allem was passiert ist, denke ich nicht einmal, dass ich dir je wieder vertrauen könnte. Willst du das wirklich, dass ich dir nie vertraue, nicht weiß, ob du wirklich zu einem Geschäft gehst oder eine andere Frau triffst? Das wäre doch schon zum Scheitern verurteilt, bevor es angefangen hat.«

Santos hasst es, wenn man versucht ihn zu kontrollieren oder alles hinterfragt, doch für Lilly würde er es erdulden. »Also hast du doch meine Nachrichten bekommen und wieso meldest du dich nicht einmal zurück? Und es ist momentan sehr viel los bei uns, Lilly, ich dürfte nicht einmal hier sein, aber mir ist das hier wichtig! Und was ist überhaupt die Alternative, du bist die Frau, die ich an meiner Seite haben will, das war schon immer so und das wird sich nicht ändern. Möchtest du, dass wir beide andere heiraten und unser Leben lang aber an das, was wir hatten, zurückdenken müssen?«

Lilly funkelt ihm jetzt wieder wütend entgegen, ein Zeichen dafür, dass seine Worte ihre Wirkung nicht verfehlen. Sie stehen mitten auf einem Platz und alle Leute, die an ihnen vorbeigehen, betrachten sie mit einer Mischung aus Neugierde und Besorgnis, ob das zwischen ihnen eskalieren könnte.

»Du wirst dich nicht ändern, Santos. Wenn wir wieder zusammenkommen, ist natürlich alles wunderschön, bis du wieder mit anderen Frauen etwas anfängst.« Santos lässt jetzt ihren Arm los und nimmt ihre Hand in seine.

Obwohl sie sich so vertraut sind, kribbelt allein bei dieser kleinen Geste alles in ihm, als wäre er das erste Mal im Leben verliebt, die Zeit ohne sie hat eine unglaubliche Sehnsucht in ihm ausgelöst, die er sehr gut verdrängen konnte, bis er Lilly wiedergesehen hat. Es wird ihm nicht nochmal gelingen, das zu schaffen.

»Ich meine das absolut ernst, Lilly, ich liebe dich und ich will keine anderen Frauen.« Lilly lächelt matt, sie streckt ihre Hand aus und streicht über seine rechte Wange, sein Grübchen und den Leberfleck, sie hat das früher oft getan. »In der Zeit, wo wir getrennt waren, falls wir überhaupt mal richtig zusammen waren, in der Zeit, seitdem ich weg bin, Santos, wie viele Frauen hattest du da?«

Das will sie nicht im Ernst wissen. »Das ist doch völlig egal, es geht darum ...« Lillys Hand sinkt herunter, noch immer lächelt sie. Santos wünschte, er könnte wieder ihr schönes Lachen hören, ihr echtes, freies Lachen, wie damals, wenn er sie zum Lachen gebracht hat oder sich auf sie gestürzt hat, wenn sie im Bett auf ihn gewartet hat. »Doch Santos, doch, das verstehst du nicht. Es geht genau darum. Ich hatte keinen Mann nach dir oder vor dir. Die Racheaktion mit Nacho war das Ekelhafteste, was ich jemals mitgemacht habe, aber bis heute bin ich nicht in der Lage, einen anderen Mann an mich heranzulassen. Weil ich dich viel zu sehr liebe, Santos. Ich könnte das nicht und wenn deine Gefühle auch so stark wären, dann könntest du das genauso wenig. Vielleicht ist das das Problem, Santos, meine Gefühle waren vielleicht immer stärker als deine, vielleicht ist das Ganze bei dir eher ... Gewohnheit.«

Nein, nein, nein, das läuft alles komplett schief. »Das ist keine Gewohnheit, meine Gefühle sind ...« Es klingelt und Lilly sieht auf ihre Uhr am Handgelenk. »Ich muss zu einer wichtigen Lesung, Santos. Ich denke immer noch, es ist besser, wenn wir den Kontakt abbrechen. Das bringt doch alles nichts und am Ende quäle ich mich nur immer länger. Ich möchte auch mal irgendwann in der Lage sein, jemand anderes zu küssen und mich dabei nicht fast übergeben müssen.«

Das ist wie ein Schlag in Santos' Gesicht. »Möchtest du nicht!« Lilly sieht ihm kurz in die Augen und dreht sich dann weg. »Machs gut, Santos, grüß alle von mir.« Das läuft alles anders, als er es geplant hat, diese Aussprache entwickelt sich zu einer Katastrophe. »Warte, Lilly. Wie kann ich dir beweisen, dass ich mich geändert habe, dass du alles bist, was ich will und dass du uns beiden noch eine Chance gibst? Du kennst mich genau, ich bin nicht der Typ, der jemandem hinterherrennt oder um etwas bittet, doch für dich tue ich es, Lilly.«

Sie dreht sich auf den Treppen noch einmal um und eine Traurigkeit setzt sich auf ihr Gesicht, die Santos wieder eine Gänsehaut beschert, aber keine positive. »Ich weiß es nicht, Santos, ich weiß es wirklich nicht.«

Elian ist ein sehr ungeduldiger Mensch, er konzentriert sich selten auf eine Sache, doch dieses Mal ist es ganz anders. Seit Stunden sitzt er auf dem Sessel neben Alenas Bett und betrachtet sie beim Schlafen. Er hat nicht eine Sekunde selbst geschlafen, aber Alena muss in einen derartig tiefen Schlaf gefallen sein, dass sie sich kaum noch bewegt hat, doch es hat etwas Merkwürdiges in Elian ausgelöst, Alena so zu betrachten. Er ist dadurch selbst zur Ruhe gekommen, er hat dabei eine innere Ruhe gefunden, die er selbst nicht kannte.

Vidal hat irgendwann aufgehört zu fragen, wann er kommen wird, sicherlich ist er eingeschlafen. Roman ist zweimal ins Zimmer gekommen, Elian hat ihn einfach ignoriert und Roman ist, nachdem er sich vergewissert hat, dass es Alena gut geht, wütend wieder nach draußen gegangen.

Es wird nicht leicht für ihn sein, doch am Ende muss er Alenas Wunsch akzeptieren, zumindest wenn es ihrer Heilung guttut und immerhin schläft sie jetzt. Eine Schwester betritt genau in dem Augenblick allerdings das Zimmer und öffnet die Gardinen. »Sie muss langsam wach werden, die Ärzte kommen gleich und beginnen mit den Untersuchungen.«

Elian knackt seine Knochen. »Was wird heute alles untersucht?« Die Schwester nimmt eine Wasserflasche vom Tisch. »Alles, wir sind sicher, dass der Mann der Kleinen noch viel mehr angetan hat und das alles wollen wir erst einmal herausbekommen und überprüfen, was für Schäden bleiben werden …. Guten Morgen, Sie sehen schon viel besser aus.«

Erst jetzt bemerkt Elian, dass Alena wach geworden ist und grüne Augen ihn schuldbewusst und zugleich etwas beruhigter ansehen. »Warst du die ganze Zeit hier?« Elian nickt und erhebt sich, plötzlich ist ihm das alles unangenehm, sie soll nicht wissen, dass es ihm sogar gefallen hat. »Hast du geschlafen?«

Elian lacht leise auf und steckt sich die Waffe wieder richtig ein. In dem Moment geht auch die Tür auf und Roman betritt zusammen mit Alejandro und zwei Ärzten das Zimmer. »Das ist nicht so leicht für mich, umringt von Sombas, da sind Albträume vorprogrammiert. Aber das macht nichts. Es freut mich, dass du etwas schlafen konntest.« Das meint er ehrlich. Er würde noch gern etwas sagen, dass sie auf sich aufpassen soll, dass er gern die Untersuchungsergebnisse erfahren würde, doch er dreht sich um und geht einfach.

»Elian.«

Er dreht sich an der Tür noch einmal zu Alena um, als er auf der gleichen Höhe wie Alejandro und Roman ist. Alena sieht wieder so aus, als würde sie sich am liebsten unter einer Decke verkriechen, die Worte fallen ihr offenbar sehr schwer.

»Kommst du nachher wieder?«

Kapitel 14

»Hey, es ist gut, dass du die Klinik mal für ein paar Stunden verlässt. In der Küche steht noch Essen, wir fahren zu dem Treffen und sind in zwei bis drei Tagen wieder da. Passt gut auf, Belinda, es ist momentan sehr gefährlich.« Belindas Vater nimmt sie in den Arm, nachdem sie durch die Tür gekommen ist.

Er ist am Morgen zusammen mit Alenas Mutter, Ignacio und Rehan zurückgekommen und sie alle haben solch einen Ärger bekommen. Alle, keiner wurde direkt angesprochen, sie alle zusammen haben sich einiges anhören müssen, dafür, dass sie niemandem Bescheid gegeben haben.

Es war das erste Mal, dass sie ihren Vater so aufgebracht gesehen hat und sie hat ihn schon wütend und traurig gesehen, vor allem beim Tod von Adrian. Als sie sich dann nach und nach alles erzählt haben lassen, wurde die Wut nur noch größer. Sie waren alle lange bei Alena, und Belinda durfte als Einzige auch noch bei ihr im Zimmer bleiben.

Heute wurden weitere Details herausgefunden. Alena spricht mit niemandem von ihnen, sie mag es aber, wenn Belinda sich zu ihr ans Bett setzt und ihr über die abgeschnittenen Haare streicht, doch sie dämmert nur vor sich hin, ist nicht wirklich ansprechbar oder anwesend. Wenn sie allerdings allein ist, erklärt sie den Ärzten, was passiert ist, völlig emotionslos, als ginge es gar nicht um sie.

Das alles soll normal sein, eine Psychologin ist heute auch zweimal dagewesen und hat sich ein Bild gemacht. Sie hat ihnen erklärt, dass Alena sich selbst schützt, indem sie nichts und niemanden an sich heranlässt. Sie kann mit allem, was ihr angetan wurde, nicht umgehen und bevor sie daran zerbricht, igelt sie sich ein und lebt in ihrer eigenen kleinen Welt.

Auch dass sie öfter nach Elian fragt und denkt, sie könnte ohne ihn nicht schlafen, hat die Ärztin versucht, allen zu erklären. Es ist, als wäre sie die ganze Zeit in einem schwarzen Loch und momentan ist Elian das Einzige, was sie aus diesen Loch retten kann und daran klammert sie sich fest. Das gibt es wohl öfter, dieses Gefühl verschwindet aber mit der Zeit, sobald die Heilung beginnt.

Dafür muss sich Alena aber erst wieder sicher fühlen, davon ist sie jedoch noch weit entfernt. Wenn etwas herunterfällt, zuckt sie zusammen, wenn zu viele Leute sprechen, rollt sie sich auf dem Bett zusammen und hält sich die Ohren zu, es ist einfach nur schrecklich mit anzusehen. Für sie alle ist es schwer.

Am schlimmsten war es, als am Vormittag, während ihnen der Arzt etwas erklärt hat, Alena im Sitzen eingeschlafen ist. Ihr Kopf fiel herunter und bevor jemand reagieren konnte, hat sie ihn panisch wieder hochgezogen, dabei ihre Augen aufgerissen und geschrien. »Ich bin wach, ich bin wach, kein Strom!« Belindas Vater hat ihre Hände in seine genommen und ihr gesagt, dass sie bei ihnen ist, in Sicherheit, doch Alena war nicht bei ihnen, sie war ganz woanders mit ihren Gedanken und hat zu wimmern begonnen.

»Wieso gibt es keinen Stromschlag? Kommt er jetzt? Was hat er wieder vor? Keine Bestrafung, ich schlafe nicht, nie wieder, versprochen ...« Immer wieder gab es solche Situationen. Alenas Mutter ist irgendwann am Bett ihrer Tochter zusammengebrochen, als sie erfahren hat, dass Benjamin Alena nicht vergewaltigt, doch sie mit einigen Geräten gequält und mit seinem Sperma befruchtet hat.

Er wollte weitere solcher Kinder zeugen, gleichzeitig hat er ihr genau die Tabletten gegeben, die seine Mutter damals genommen hat, er hat damit Alenas Magenschleimhaut stark angegriffen und sie leidet unter einigen Nebenwirkungen, die aber bald nachlassen sollten. Was nicht so einfach besser wird, sind die zwei befruchteten, missgebildeten Klumpen, die nun in ihrer Gebärmutter sind und die entfernt werden müssen.

Es sind keine richtigen Babys, es sind erst ein paar Tage alte Gewebestücke, die durch die Tabletten nicht überlebensfähig wären und nun so schnell wie möglich entfernt werden sollen.

Allein die Vorstellung, dass Benjamin sich in Alena eingepflanzt hat, lässt Belinda verzweifeln. Erst jetzt haben sie bemerkt, dass Alena ausgepeitscht wurde. Ihr Rücken ist voller Striemen, er hat ihre inneren Organe so stark beschädigt, dass noch nicht klar ist, ob sie jemals Kinder bekommen kann. Für morgen ist eine OP angesetzt, wo nicht nur die Gewebestücke entfernt werden, sondern auch sonst noch einiges versucht wird zu retten.

Sie können Alena aber auch nur operieren, wenn sie ein wenig mehr zu Kräften kommt. Sie kann kaum etwas bei sich behalten, weil ihr Magen noch zu sehr verletzt ist und noch immer traut sie sich nicht zu schlafen. Rehan hat einen Hautspezialisten kontaktiert, der morgen eingeflogen wird und sich darum kümmern soll, dass die Wunde über Alenas Nase, die Benjamin immer wieder gewaltsam geöffnet und mit Salz bestreut hat, verheilen soll, genau wie die vielen unzähligen Wunden an ihrem Körper.

Alenas Mutter hat Beruhigungsmittel bekommen, ihr Vater und alle anderen gehen anders mit all diesen schrecklichen Grausamkeiten um, die nach und nach ans Tageslicht kommen. Sie werden wütend und da Benjamin nicht greifbar ist, hat Belinda das Gefühl, die Wut konzentriert sich immer mehr auf sie. Mittlerweile gibt sie den Anderen sogar ein wenig Recht, sie hätte das alles gar nicht aufrollen sollen, so wäre Alena das nicht passiert, oder sie hätte ihre Vermutungen mit ihren Brüdern besprechen und nicht allein handeln sollen.

Lediglich ihr Vater scheint Belinda nicht für all das Unglück verantwortlich zu machen, zumindest lässt er es sich nicht anmerken. Ignacio, Rehan und ihr Vater haben ein Treffen mit anderen wichtigen Familiaanführern vereinbart. Sie wollen die Bilder von Benjamin in Umlauf bringen und selbst in der Dominikanischen Republik und Venezuela nach ihm suchen lassen.

Sie fahren jetzt zu dem Treffen, während Alejandro, Santos und Ponce morgen mit einigen Männern zu der Insel fahren werden, auf der noch das Kloster, die Nonnen, Emilia und Petro sind. Wer weiß, vielleicht ist Benjamin wirklich dorthin zurückgekehrt, obwohl sich Belinda das nicht vorstellen kann.

Bis gerade eben war sie bei Alena am Bett, doch dann haben sie und die Ärzte beschlossen, Alena und ihre Mutter allein zu lassen. Alena schafft es nicht, zur Ruhe zu kommen, wenn sie alle da sind. Selbst Roman hat das eingesehen, vielleicht auch, weil jeder von ihnen dringend etwas Ruhe und Schlaf gebrauchen kann. Alle sind nach Hause gegangen, bis auf Levi und zwei weitere Männer, die das Krankenzimmer von außen bewachen, alle drei Stunden wechseln sich die Männer ab und Belinda wird morgen nach der Operation wieder an Alenas Seite sein.

Ihre Cousine zeigt keinerlei Reaktion, weder auf die bevorstehende Operation, noch darauf, dass im Grunde ein Schwangerschaftsabbruch bei ihr durchgeführt wird, auch wenn das, was sich da gebildet hat, weit von einem normalen Fötus entfernt ist.

Belinda hat als Letzte das Krankenzimmer von Alena verlassen, sie versucht den vorwurfsvollen Blicken der Anderen zu entgehen, sie spürt, dass sie nicht mehr willkommen ist, nicht nachdem jeder ihr die Schuld dafür gibt, was Alena zugestoßen ist.

»Ist alles in Ordnung?« Ihr Vater scheint von alldem nicht wirklich viel mitzubekommen, er macht sich eher Sorgen um sie, als dass er ihr irgendeinen Vorwurf macht.

»Ich passe gut auf, ich hoffe, ihr erreicht etwas. Ich bin wirklich nicht der Mensch, der nach dem Motto 'Auge um Auge' lebt, doch dieser Benjamin muss gestoppt werden, sofort!« Ihr Vater küsst ihre Stirn und sie begleitet ihn noch zur Haustür. »Das machen wir, seine letzten Stunden sind gezählt.« Belinda sagt nichts mehr dazu, sie kann sich nicht vorstellen, dass Benjamin aufzuhalten ist.

Ihr Vater öffnet die Tür, vor der sich Alejandro und Suerte mit Rehan unterhalten. Noch einmal verabschiedet sich ihr Vater,

Belinda spürt dabei genau die Blicke ihres Bruders und den von Suerte auf sich. Sie braucht gar nicht hinzusehen, um zu wissen, wie vorwurfsvoll sie sie ansehen. Sobald ihr Vater sie loslässt, verschwindet sie wieder im Haus und schließt die Tür.

Es gibt kein schlechteres Gefühl, als unerwünscht zu sein. Belinda isst etwas, sie hört draußen Stimmen, doch niemand sieht nach ihr. Vidal hat ihr zwei Nachrichten geschrieben, doch seitdem sie ihm ihre Liebe gestanden und seine Reaktion miterlebt hat, liegt das wie Blei zwischen ihnen. Sie waren danach zwar noch einmal essen und haben auch miteinander gesprochen, doch diese drei Worte haben alles verändert.

Sie hat auf dem Weg zurück schon kurz mit April geredet, ihr geht es gut und sie musste ihrer besten Freundin genau erzählen, wie es Alena geht. Genau wie auch Camilla, mit der sie heute Mittag gesprochen hat. Dante hat sich von ihr getrennt, Belinda kann das nicht glauben, nicht nach allem, was sie durchgemacht haben. Nicht nach den Blicken, die er Camilla immer geschenkt hat, doch als sie mittags mit Camilla gesprochen hat, saß diese bereits im Bus. Belinda ist sich absolut sicher, dass das eine Kurzschlussreaktion von Dante war, um Camilla zu schützen.

Camilla fährt für einige Zeit nach Hause, um sich zu erholen, vielleicht ist es sogar am besten so. Suela ist auch auf die andere Cuidad gebracht worden. Die Puentes haben alle Frauen weggebracht und lassen sie gut beschützen.

Dante wollte, dass Camilla Suela begleitet, doch sie ist einfach gegangen. Belinda ist sich sicher, dass da noch nicht das letzte Wort gesprochen ist, momentan haben aber alle mit Benjamin und den Folgen seines kranken Handelns zu tun. Wie nur ein einziger Mensch so viel Unheil anrichten kann.

Belinda versucht all das auszublenden, doch es geht nicht. Sie hat das Gefühl, ganz allein in diesem großen Haus wahnsinnig zu werden. Camilla hat sie gebeten, nach Sofia zu sehen, da Suela und sie es nicht mehr können. Belinda packt einige Sachen in eine größere Tasche, sie will danach auch nicht wieder herkommen, nicht so unerwünscht. Vielleicht fährt sie danach einfach direkt wieder ins Krankenhaus.

Belinda springt schnell unter die Dusche, als sie sich danach im Spiegel betrachtet, erkennt sie, dass man ihr die Tage ansieht. Sie fühlt sich nicht nur völlig erschlagen, sie sieht auch so aus, aber was ändert das schon?

Belinda cremt sich ein, zieht sich eine schwarze Shorts an, ein weites graues Shirt und graue Leinensneakers, ihre Haare sind noch nass und sie flechtet sie sich in einen langen Zopf zur Seite, schnappt sich ihre Handtasche und verlässt das Haus. Suerte kommt ihr entgegen, Belinda möchte einfach weiter, doch er hält sie am Arm zurück. »Wohin gehst du?« Sie sieht ihm nur kurz in die Augen und will weiter. »Wen interessiert das noch?«

Suerte seufzt leise auf, plötzlich umfasst seine Hand ihre komplett und Belinda stockt. »Mich interessiert es, sonst hätte ich nicht gefragt.« Überrascht dreht sie sich zu ihm um. Suerte hat Belinda von Anfang an gefallen, doch Vidal hatte ihr Herz schon erobert, trotzdem war da immer ein gewisses Knistern, das sie auch jetzt wieder spürt, als er sie aus seinen dunklen wilden Augen unter seinen Locken mustert. »Ich fahre … ins Krankenhaus.«

Noch immer hält er ihre Hand fest, sie stehen hier mitten in der Cuidad und plötzlich hebt er seine Hand und streicht über ihre Wange. »Du solltest dich ausruhen, Belinda.« Sie nickt und sieht sich um, doch niemand beachtet sie. »Das werde ich.« Suerte scheint einen Moment etwas abzuwägen, doch dann sieht er zu Alejandros Haus und lässt ihre Hand los.

Belinda will weiter, doch sie dreht sich noch einmal zu ihm um, nachdem sie schon einige Schritte gegangen ist. »Ich wollte das alles nicht, Suerte.« Er nickt und lächelt, sein schiefes Surferlächeln. »Das weiß ich und all das ändert auch nichts an meinen Gefühlen für dich!«

Als Belinda dreißig Minuten später im Hotel von Sofia angekommen ist, dreht sich ihr Kopf noch immer. Suerte hat Gefühle für sie, es sollte sie nicht so verwundern, nicht, nachdem er immer ihre Nähe gesucht hat, doch es jetzt so offen gesagt zu bekommen ist noch einmal etwas ganz anderes.

Sie wusste ja noch nicht einmal, wie sie reagieren sollte, hat nur genickt und ist schnell zu den Garagen gegangen. Wieso kann Vidal nicht so offen über seine Gefühle sprechen? Sonst ist er doch auch nicht schüchtern oder um eine Antwort verlegen, vielleicht sollte Belinda einfach auch mal den Gedanken zulassen, dass Vidal einfach nicht so empfindet wie sie.

Zwei Männer der Puentes sitzen vor der Hoteltür von Sofia und spielen Karten. Als sie sie entdecken, nicken sie leicht, doch man sieht ihnen an, dass sie es nicht gut finden, dass Belinda da ist. Schon wieder unerwünscht, so langsam gewöhnt sich Belinda an die Situation. Sie klopft und eine grinsende Sofia öffnet ihr die Tür. »Oh, ich dachte das wäre meine Pizza, komm rein.«

Sofia ist schon die ganze Zeit über hier im Hotel untergebracht worden, Belinda hätte gedacht, dass sie stinksauer wäre und sich zu Tode langweilt. »Geht es dir gut? Du siehst so zufrieden aus.« Sofia geht zu einem kleinen Tisch, auf dem einige Getränke, Gläser und Unmengen an Süßigkeiten stehen. Sie gießt sich und Belinda Wein ein, holt Schokoladenkekse und gibt Belinda ihr Glas.

»Ich liebe es, wir hatten nie einen Fernseher und ich konnte den ganzen Tag nichts anderes tun, als mir Serien anzusehen, zu schlafen und zu essen. Außerdem bin ich hier sicher vor Benjamin und jetzt …«, sie hebt das Glas und stößt an, »… feiern wir.« Belinda lacht leise über Sofias überschwängliche Art und trinkt das Glas komplett leer. Ihr Hals brennt, doch eine angenehme Wärme breitet sich in ihr aus. Belinda verträgt kaum Alkohol, doch wen stört das jetzt noch?

»Was feiern wir denn?« Sofia zeigt auf ein Pflaster am Arm. »Übermorgen erfahre ich, von wem ich abstamme. Es ist kompliziert, da ich ja theoretisch von vielen die DNA haben könnte, also sogar von beiden Familias, aber man kann mit einer besonderen Technik sagen, mit welcher Familia ich mehr übereinstimme und sogar, mit welchen Personen aus der Familia.

Die ganzen Puentes haben sich Blut abnehmen lassen, von den Sombras brauchen wir das erst, wenn ich nicht mit den Puentes übereinstimme.« Es klopft, Sofia holt eine Pizza herein und gießt ihnen noch einmal ein. Sie bekommt alles hier bezahlt und da Belinda ja das Kloster gesehen hat, in dem sie aufgewachsen ist, versteht sie auch, wieso das alles hier Sofia wie im Paradies vorkommt.

»Pizza ist himmlisch!« Belinda hat noch nichts gegessen und nimmt sich ein Stück, während Sofia in Windeseile den Rest verdrückt und immer wieder Wein nachschenkt. Während sie Sofia zuhört, was sie die letzten Tage getan hat und was sie alles über Alena erfahren hat, fragt sich Belinda, zu welcher Familia sie wohl mehr gehört, woran man das überhaupt festmacht?

Belinda erzählt von Suela und Camilla und auch, wie es gerade um sie steht und dass alle sauer auf sie sind. Je mehr sie von allem erzählt, umso klarer wird ihr, wie krank das alles ist. Camilla und sie haben doch eigentlich mit all dem gar nichts zu tun und doch sind sie es, die jetzt die Strafe für alles zu tragen haben, dabei wollten sie nur verhindern, dass ein neuer Krieg ausbricht.

Sie hat bereits fünf Gläser Wein getrunken, Sofia denkt auch nicht, dass Benjamin wieder auf die Insel gefahren ist, da klopft es erneut. »Oh, der Chef persönlich.« Belinda legt den Kopf ein wenig schief, sie wird immer müder und als sie Vidal erkennt, der ins Zimmer tritt, spürt sie, dass sie keine Kraft für Diskussionen oder irgendetwas anderes hat.

»Was tust du hier?« Belinda hebt das Glas. »Mit Sofia trinken und über diese ganze kranke Welt hier reden.« Verdammt, wie immer schlägt ihr Herz bei Vidals Anblick augenblicklich schneller. Er trägt eine verwaschene Bluejeans, rote Sneakers und ein weißes Shirt, seine Augen bleiben hart auf sie gerichtet, doch sein Mund kräuselt sich ein wenig. »Du bist betrunken.« Sofia setzt sich wieder neben Belinda und lacht. »Da hat er recht.«

Belinda merkt, dass sich alles ein wenig dreht. »Wieso verträgst du so viel?« Sofia streckt ihre nackten Füße mit knallrotem Nagellack auf dem Tisch aus. »Wein hatten wir immer für die Messen, Emilia und ich haben uns öfter etwas davon genommen und ihn genossen. Pizza habe ich dagegen noch nie gegessen.« Sie wendet sich an Vidal. »Kann ich mir noch eine bestellen?«

Vidal tritt zurück zur Tür und öffnet sie. »Bestellt noch mal die gleiche Pizza.« Als er die Tür wieder schließt, sieht er genauso streng zu Sofia wie zu Belinda. »Du kannst dir hier alles bestellen, wir wollen dich nicht bestrafen, es ist zu deiner eigenen Sicherheit.« Belinda hebt den Finger und sieht zwischen Vidal und Sofia hin und her.

»ABER, pass bloß auf, dass du keinen Fehler machst, sonst hassen dich alle. Weißt du, die Männer hier, die dürfen Fehler machen und Waffen tragen und lauter solchen Kram, aber wenn du auch nur einen Mini, miniiii«, sie zeigt Sofia mit ihren Fingern, wie klein sie es meint, »Fehler machst, bist du für alle gestorben. Weißt du, wie man das nennt? Doppelmoral, aber ich glaube, das Wort kennt man hier nicht.« Sofia nickt zustimmend. »Das ist echt scheiße!«

Vidal schüttelt den Kopf. »Du bist auch betrunken, iss die Pizza und leg dich schlafen. Komm Belinda, ich sorge dafür, dass du nach Hause kommst.« Belinda springt auf, so schnell, dass sie auf eine Nagellackflasche tritt und erst da bemerkt, dass unzählige auf dem Boden liegen. Sie hält sich den Fuß und flucht. »Ich blute!« Sofia fällt fast vom Sofa vor Lachen. »Das ist Nagellack, Camilla hat mir die alle mitgebracht, ist das nicht ein schönes Rot?«

Belinda wendet sich an Vidal, der sich nun an die Wand lehnt und sie amüsiert betrachtet. »Ich gehe nirgendwo hin. Ich schlafe auch hier im Hotel oder im Auto. Ich habe kein Zuhause mehr, zumindest möchte ich da nicht hin und das alles auch nur wegen eurer beschissenen Doppelmoral.« Sofia stellt sich nun auch neben sie.

»Wieso redet ihr beide eigentlich miteinander? Hasst ihr euch nicht?«

Belinda sieht Vidal in die Augen, nun ist sie aber mal auf die Antwort gespannt, was tut er eigentlich hier? Vidal stößt sich aber nur von der Wand ab und kommt zu ihnen. »Wir hassen uns nicht, das ist aber eine längere Geschichte.« Sofia sieht ihn nun auch unbeirrt an. »Aber ihr alle hasst mich, weil ich dafür stehe, für diesen Hass? Wieso hasst du Belinda nicht, aber mich?« Belinda nickt und sieht zwischen beiden hin und her. »Sag ich doch, Doppelmoral, hass mich doch einfach Vidal, Sofia kann nichts dafür, wie sie entstanden ist oder von wem.«

Vidal scheint keine Geduld mehr zu haben, er kommt zu Belinda und reicht ihr seine Hand, dabei sieht er Sofia an. »Ich hasse dich nicht und ich werde auch selbst herkommen, wenn die Ergebnisse vorliegen, in Ordnung?« Sofia nickt und bevor Belinda etwas dazu sagen kann, nimmt sie seine Hand an und er zieht sie sanft aus dem Zimmer. »Ich komme morgen nach dem Krankenhaus noch einmal vorbei.«

Sie hört Sofias Antwort gar nicht mehr, Vidal bringt sie an seinen Männern vorbei zur Treppe, doch als sie zwei Etagen nach unten gegangen sind, stoppt Belinda abrupt. »Ich kann nicht zurück, ich halte das nicht aus. Ich nehme mir hier ein Zimmer und ...« Vidal verschränkt ihre Hände miteinander und sieht sie an. »Ich bringe dich zu mir, da bist du am sichersten. Werden deine Brüder nicht nach dir suchen?« Belinda schnauft auf, gleichzeitig treten ihr Tränen in die Augen. »Die hassen mich, sie werden es nicht einmal bemerken. Ich habe meine Familie gerade erst gefunden und schon wieder verloren, Vidal, das tut so weh.«

Vidal tritt näher zu ihr und streicht über ihre Wange. »Das alles hier ist eine sehr extreme Situation, Belinda, auch bei uns geht es drunter und drüber. Ich werde sicherlich nicht anfangen, mich hinter deine Brüder zu stellen, aber ich bin mir sicher, dass sie dich nicht hassen.«

Belinda hat keine Kraft zu diskutieren, doch etwas anderes fällt ihr ein. »Was machst du eigentlich hier? Ich habe das Gefühl, egal was ist, du bist immer da und doch bist du ... nicht da, verstehst du?« Vidal lächelt und küsst ihre Wange.

»Du bist betrunken, Belinda, aber trotzdem sollte dir vielleicht irgendwann mal bewusst werden, dass ich immer in deiner Nähe bin und ein Auge auf dich habe und ich werde dich immer schützen.« Sein Blick fällt auf das Armband und Belinda streicht darüber.

Ihr liegen die Worte schon auf den Lippen, 'und doch liebst du mich nicht', doch es erklingen Stimmen im Treppenhaus und Vidal küsst sie einmal kurz auf den Mund. »Lass uns gehen.«

Kapitel 15

Elian sitzt unschlüssig in seinem Wagen auf dem Parkplatz des Krankenhauses. Am liebsten würde er Gas geben und auf direktem Wege nach Hause fahren, doch er kann es nicht. Genauso wenig konnte er heute morgen einfach auf sein Bauchgefühl hören und nein sagen, als Alena ihn vor allen gefragt hat, ob er am Abend wieder kommen werde. Er hätte einfach nein sagen können, er hat die ungläubigen Blicke von Roman und Alejandro gespürt, doch keiner hat sich getraut, etwas zu sagen. Nicht einmal er kann Alena einen Wunsch abschlagen, nach allem was ihr passiert ist, wie soll ihre eigene Familie es können?

Er hat gesagt, dass er es versuchen werde, natürlich hätte er nicht herkommen müssen, er hat etwas Schlaf nachgeholt, gegessen und es gab eine lange Besprechung. Er würde am liebsten wieder ins Bett gehen, morgen werden sie auf diese Insel fahren, doch er sitzt hier und fragt sich, was er eigentlich tut. Er sollte das nicht tun, aber um ganz ehrlich zu sein, würde er gerne erfahren, wie die Ergebnisse ausgefallen sind und wie es Alena jetzt geht.

Elian ist so in seinen Gedanken versunken, dass er nicht bemerkt, wie sich jemand seinem Mercedes nähert, bis es an seiner Scheibe klopft. Levi, einer der verdammten Sombras. Der Cousin von Alejandro und Alena steht vor Elians Auto, zwei Autos warten offenbar auf ihn, um loszufahren.

Elian zieht den Schlüssel und steigt aus. Soll er sich erklären? Den Teufel wird er tun, immerhin bittet Alena ihn zu kommen, und wenn jetzt ihre Cousins damit ein Problem haben, sollen sie es ihr direkt sagen. »Ich habe dich hier schon eine Weile stehen sehen. Glaub mir, es gefällt mir gar nicht, dass jemand der Puentes in der Nähe meiner Cousine ist. Ich hätte sie finden sollen, aber du hast es getan und wir alle stehen in deiner Schuld, weil du ihr das Leben gerettet hast.«

Levi fällt es sehr schwer, das zu sagen. »Doch ich liebe Alena sehr und wenn es das ist, was sie braucht, um zu heilen, dann würde ich dich bitten, dir diese Zeit zu nehmen. Sie redet immer noch mit keinem von uns, nicht einmal mit ihrer Mutter. Den Ärzten beantwortet sie nur das Nötigste und es scheint fast, als warte sie nur, dass alle gehen. Es bringt mich innerlich um, einen von euch um etwas zu bitten, aber Alena ist mir wichtiger als mein Stolz, deswegen mache ich es, anstelle der Anderen.

Ihr Bruder und alle anderen kommen heute Nacht nicht her, sie sollen sich bis morgen ausruhen. Ich habe Männer eingeteilt, die du nicht kennst oder kaum. Ich weiß, dass es für dich auch nicht leicht ist und du das gar nicht machen musst.«

Elian hat bereits einige Antworten auf der Zunge, doch er sieht Levi in die Augen und nickt nur. »Ich sehe sie einfach nicht als eine Sombras an, momentan zumindest nicht.«

Er ist niemand, der auf jemanden eintreten würde, der schon am Boden liegt. Er kann sich nicht einmal vorstellen, was er in dieser Situation machen würde, er könnte es wahrscheinlich nicht, auf jemanden der Puentes angewiesen zu sein? Niemals. Doch wenn es um eine seiner Cousinen geht, wenn einer das Gleiche angetan wurde wie Alena?

Allein beim Gedanken daran dreht sich alles in Elian um, deswegen verkneift er sich alles weitere und geht ins Krankenhaus. Vor Alenas Zimmer sitzen drei Männer, einer von ihnen sieht gerade vom Handy auf und nickt nur leicht, als Elian an die Tür klopft und eintritt, Levi wird ihn informiert haben. Er hasst diese Familia einfach nur.

Als er allerdings in den abgedunkelten Raum blickt, vergisst er all das. Es ist ein extra Bett in der Ecke aufgestellt, auf dem eine Frau zusammengerollt fest schläft. Alena hingegen liegt in ihrem Bett und dreht ihren Kopf zu ihm. Sie schläft nicht und für einen Moment huscht eine kleine Welle der Erleichterung über ihr Gesicht, als sie ihn ansieht.

Trotzdem wirkt sie noch sehr müde und erschöpft, nicht mehr ganz so wie gestern, doch sie hat noch lange nicht die Erholung, die ihr Körper braucht. »Danke, dass du noch einmal gekommen bist. Ich dachte schon, du kommst nicht und ich hätte das natürlich verstanden. Es tut mir so leid, dass ich dich in so eine Situation bringe, dass ich euch alle so belaste ...«

Elian hebt leicht die Hand und setzt sich wieder auf den Sessel, der genau an ihrem Bett steht. »Nicht, du brauchst dich für gar nichts zu entschuldigen. Ist das deine Mutter?« Alena dreht ihr hübsches Gesicht zu der schlafenden Frau. »Ja, sie haben ihr Beruhigungsmittel gegeben. Sie hat nicht aufgehört zu weinen. Sie hat immer wieder gesagt, dass all das hier die Schatten der Vergangenheit sind, sie wusste, dass man denen nicht entkommt.«

Alena trägt ein weißes Shirt und ist zugedeckt. Ihre zarten Arme sind zu sehen und dass sie heute wieder neue Pflaster in den Beugen hat, wahrscheinlich wegen der vielen Untersuchungen. Auch wenn ihre Haare jetzt kurz sind, hat sie sie nach hinten gebunden. Sie wirkt wieder etwas kräftiger, ihre Haut hat langsam wieder einen normalen Ton, doch die große Wunde auf ihrer Nase und die Ringe unter ihren Augen lassen nicht zu, dass man sich falsche Hoffnungen auf eine schnelle Heilung macht.

»Wieso redest du mit niemandem aus deiner Familie, Alena?« Ihre schönen grünen Augen blicken ihn mit einer Mischung aus Verzweiflung und einer Traurigkeit an, die er noch nie zuvor gesehen hat. »Ich weiß nicht, was ich ihnen sagen soll, wie ich ihnen erklären kann, wie es mir geht. Sie sehen mich an, als ... Es ist nichts mehr wie vorher. Ich bin nicht mehr derselbe Mensch. Ich würde ihnen so gerne so viel sagen und doch kriege ich keine Worte über meine Lippen. Bei dir ist das anders. Du warst da, du hast es gesehen und mich rausgeholt und ich habe das Gefühl, ich muss dir nichts erklären, du weißt es.«

Elian sieht kurz zu Alenas Mutter, vielleicht hat sie sogar recht damit. »Was ist heute bei den Untersuchungen herausgekommen? Wieso schläfst du nicht? Du brauchst diesen Schlaf dringend, Alena.« Sie streicht sich über die Arme, als wäre ihr kalt. Elian steht auf und schließt das Fenster leise, um die Mutter nicht zu wecken. »Ich bin total kaputt, es ist nur das herausgekommen, was mir schon die ganze Zeit klar war. Ich kann nicht einmal Beruhigungstabletten bekommen, weil ich noch immer so viel von diesen Medikamenten in mir habe, die er mir verabreicht hat. Er hat mich vergiftet, nicht genug, um zu sterben, aber so, dass alles in mir völlig durcheinander ist. Er weiß genau, was er tut, doch das habt ihr alle noch nicht verstanden. Ihr werdet ihn nicht finden, ihr werdet ihn nicht aufhalten können.«

Sie ist sich absolut sicher und Elian versteht ihr Misstrauen. »Doch, das werden wir, Alena, seine letzten Atemzüge sind gezählt.« Sie atmet schneller, kurz schluchzt sie auf und Tränen steigen in ihre Augen. So sehr Elian dieser Anblick missfällt, so sehr wünschte er sich, sie würde das herauslassen, es in sich zu behalten, wird sie weiterhin vergiften. »Er ist in mir!«

Elian rückt noch näher, weil sie beide wegen der Mutter leise sprechen. Alenas süßer Duft dringt wieder zu ihm und der Drang, sie einfach in den Arm zu nehmen, wird immer stärker. »Was? Wie meinst du das?« Alena schluckt die Tränen wieder herunter. »Er hat mich nicht ... vergewaltigt, aber er hat mich künstlich mit seinem Sperma befruchtet. Durch die Tabletten sind die beiden Babys sofort zu missgebildeten Klumpen in meinem Bauch geworden. Eigentlich sollte ich morgen operiert werden, um es entfernt zu bekommen, doch meine Werte sind noch so schlecht, dass sie bis übermorgen warten möchten.«

Elian weiß nicht genau, was er dazu sagen soll, er hat alles erwartet, aber nicht das. »Dieser kranke Bastard. Aber es wird entfernt und ...« Alena dreht sich zu ihrer Mutter um und wendet ihr Gesicht dann noch mehr zu ihm. »Die Ärzte konnten mich nicht so gut röntgen, es gab Störungen und sie vermuten, dass er mir noch so etwas wie einen Peilsender eingesetzt hat. Sie hoffen, das bei der Operation klären zu können. Ich habe niemandem davon erzählt und ich war alleine mit den Ärzten, als sie das erwähnt haben. Er weiß sogar jetzt, wo ich bin, er ist immer da!«

Elian sieht Alenas Hand auf der Bettdecke zittern, ohne groß darüber nachzudenken umfasst er sie mit seiner. »Auch das wird entfernt, Alena, lass ihn nicht gewinnen. Wir vernichten ihn und du musst die bösen Geister vernichten, die er in dir zurückgelassen hat.«

Alena sieht nicht sehr überzeugt aus, was hat dieser Mistkerl ihr nur alles angetan? Nun treten ihr wieder Tränen in die Augen. »Ich hatte nie einen Freund, also so richtig. Ich meine, du weißt ja, wie meine Familie ist und kaum jemand hat sich an mich herangewagt ...« Elian fällt es schwer, all das Leid in ihren Augen zu ertragen, noch immer hält er ihre Hand umschlossen. »Ich war so naiv, auf ihn hereinzufallen. Mein größter Wunsch war es immer, irgendwann die Kinder des Mannes, den ich liebe, in mir zu tragen.«

Sie zeigt auf ihren Bauch, der von der Decke verhüllt ist. »Und jetzt trage ich so etwas in mir und die Ärzte wissen nicht, wie groß die Schäden sind und ob ich überhaupt jemals Kinder bekommen kann. Er hat wirklich alles zerstört.«

Elian würde den Mistkerl geradewegs in die Hölle schicken, wenn er ihn jetzt in den Händen hätte. »Du lebst, Alena, und wir beide wissen, wie knapp es war, dass du noch lebst. Gib jetzt nicht auf. Du wirst einen Mann finden, der dich über alles liebt und für alles andere werdet ihr schon eine Lösung finden. Da bin ich mir absolut sicher.« Elian ist sich wirklich sicher, Alenas Mann wird sie sicher über alles lieben, wie sollte er nicht?

Der Kampf gegen die Müdigkeit und die Schwere der Tränen in ihren Augen lassen Alena immer leiser sprechen. »Vor Kurzem noch hat mir Belinda gestanden, wie verliebt sie in deinen Bruder Vidal ist und ich hätte ihr am liebsten den Hals umgedreht und nun sitzt du hier bei mir und hilfst mir. Daran hätte ich nie gedacht. Wir haben uns schon einmal gesehen auf der Beerdigung von Adrian, nicht? Vidal und du, ihr seht euch sehr ähnlich.«

Elian kann sich ein leichtes Schmunzeln nicht verkneifen und erzählt ihr von der Geschichte beim Tanken. Natürlich erwähnt er nicht, wie beeindruckt er von ihr war und dass er danach ständig an sie denken musste. Das allererste Mal zeichnet sich nun auch bei ihr ein winzig kleines Lächeln auf den Lippen ab. »Du warst dieser arrogante Kerl?«

Elian lacht leise auf. »Ich bin nicht arrogant, ich war einfach etwas ... abgelenkt.« Noch immer lächelt Alena leicht, doch sie kann ihre Augen kaum noch offen halten. Kurz denkt Elian darüber nach, ihre Hand loszulassen, doch dann umfasst er sie weiter.

Alenas Augen schließen sich, sie ist fast eingeschlafen, aber dann öffnen sie sich doch noch einmal einen Minispalt. »Weißt du, das Einzige, was ich meiner Familie sagen könnte ... wie ich am besten beschreiben kann, wie ich mich fühle ... wenn man ein Tier falsch tötet oder es angefahren wurde und sich quält ... gibt man ihm oft den Gnadenschuss. So fühle ich mich nur ... dass man bei mir den Gnadenschuss vergessen hat.«

Die Härte der Worte und der kurze Blick auf Elians Waffe lassen ihn wissen, wie ernst ihr diese Worte sind, bevor er allerdings darauf antworten kann, ist sie schon eingeschlafen.

Belinda setzt sich abrupt auf, ihr ist übel. Das Zimmer dreht sich und sie erkennt, dass sie nicht in ihrem Loft ist. Natürlich nicht, sie hält sich den Kopf und versucht, das Drehen so zu stoppen. Vidal hat sie zu sich nach Hause gefahren. Belinda hat es kaum ausgehalten bis in sein Schlafzimmer, die wenigen Stunden Schlaf der letzten Tage, der Alkohol und das wenige Essen haben ihr den Rest gegeben. Sobald sie ein weiches Bett unter sich gespürt hat, ist sie eingeschlafen, sie konnte ihre Augen einfach nicht mehr aufhalten.

Sie hat sich aufgesetzt und somit die feste Umarmung gelöst, in der Vidal sie gehalten hat. Jetzt liegt sein Arm noch leicht um sie und Belinda sieht zu ihm. So friedlich, wie er da liegt, seine dunklen Haare, die goldene Haut, Belinda betrachtet sein schönes

Gesicht, die dunklen Wimpern, die feine Nase, die schönen Lippen und wie sehr sie sein freches Grinsen liebt. Sie zeichnet die beiden Buchstaben LP langsam mit ihren Fingerspitzen nach, das Kreuz auf seiner Brust ist nicht zu erkennen, da er auf dem Bauch liegt.

Er muss zu ihr ins Bett gestiegen sein, nachdem sie eingeschlafen ist. Sie hat noch immer alles an, Belindas Magen dreht sich. Vorsichtig, um Vidal nicht zu wecken, bewegt sie sich aus dem Bett und muss sich kurz am Nachttisch festhalten. Das war gestern echt zu viel, oder heute? Belinda weiß nicht einmal, wie spät es ist. Neben dem Bett liegt ihre Tasche, Belinda greift nach ihr und zieht ihr Handy heraus. Nichts! Es ist vier Uhr morgens und es hat wahrscheinlich noch nicht einmal jemand gemerkt, dass sie gar nicht nach Hause gekommen ist. Zuhause? Kann sie das noch so nennen? Wieder setzt sich diese tiefe Trauer in ihrem Bauch frei.

Belinda steht auf, als sich Tränen ihren Weg in ihr Auge bahnen. Auf Vidals Nachttisch liegt seine Waffe, Belinda geht zum Fenster und sieht hinaus in die Cuidad der Puentes, wo sie eigentlich gar nicht sein dürfte.

Vidal liegt hier mit seiner Feindin im Bett, vertraut ihr so sehr, dass er seine Waffe frei herumliegen lässt, auch wenn sie betrunken war, hat sie die Blicke der Männer von Vidal gesehen. Sie werden vermutlich nicht verstehen, was ihr Anführer tut. Es könnte gut sein, dass einige ihm das zur Last legen, vielleicht nicht mehr so loyal zu ihm sind. Auch Vidal macht sie nur Probleme.

Belinda geht ins Bad, langsam kann sie wieder gerade laufen, sie spült sich den Mund aus und sucht nach einer eingepackten Zahnbürste, die sie auch findet, um diesen ekelhaften Geschmack vom Alkohol zu vertreiben. Während sie sich die Zähne putzt, öffnet sie die Spiegelschränke, sie findet Parfüms, Deos, einen Rasierapparat, Uhren, vieles, aber alles von einem Mann. Sie findet nichts, was darauf hindeutet, dass hier auch andere Frauen sind.

Belinda fällt etwas ein, sie hat sich einige Sachen eingepackt und geht zurück ins Schlafzimmer zu ihrer Tasche, Vidal hat sich mittlerweile auf den Rücken gedreht, nun kann sie auf das Kreuz auf seiner Brust blicken, doch sie geht schnell an ihre Tasche und kramt ein paar Sachen heraus. Im Bad legt sie einen Lippenstift von sich auf die Ablage vor dem Waschbecken und eine Dose Puder auf eine andere.

Sie hat noch einen Slip dabei, doch dann schüttelt sie über sich selbst den Kopf. Was tut sie hier? Markieren nicht eigentlich Männer ihr Revier? Und vor allem mit was für einer Berechtigung tut sie das? Vidal mag sie, das ist klar, sicherlich auch mehr als das, sonst würde er das alles nicht für sie tun und sich diesen Stress machen und die Unruhe in seiner Familia verbreiten, doch er liebt sie nicht. Belinda hat diesen Punkt irgendwann überschritten, sie kann gar nicht genau sagen wann und wo, irgendwann ist es passiert und Belindas Gefühle sind stärker geworden.

Tiefer als das einfache Verliebtsein, mehr als nur ein Kribbeln im Bauch, so tief, dass sie sich hier in seinem Bad breitmacht, obwohl sie dazu kein Recht hat, doch sie kann nicht erwarten, dass Vidal dasselbe fühlt, so etwas kann man nicht erzwingen. Irgendwie passt das Ganze in ihr Leben und ihre Männererfahrungen. Belinda spuckt aus, wäscht sich den Mund aus und sieht zu der riesigen Luxusdusche.

Sie sollte weiterschlafen, doch sie fühlt sich schmutzig. Sie zieht sich komplett aus, bei der Suche einer Haarbürste findet sie noch eine Schublade mit einer beachtlichen Sammlung von Kondomen. Vidal hat Belinda gesagt, dass er sich immer schützt, immer, nur mit einer Frau bisher nicht. Auch wenn Belinda die Pille nimmt, hat er sich auch bei ihr jedes Mal geschützt. Die Frau war sicherlich diese Anna. Belinda ist immer noch nicht ganz klar im Kopf, dieser Gedanke macht sie irgendwie eifersüchtig, was vollkommen verrückt ist.

Bevor sie noch komplett durchdreht, bindet sie sich die Haare zu einem unordentlichen Knoten auf dem Kopf und tritt schnell in die Dusche, wo sie sofort einen schönen warmen Strahl anstellt. Das tut gut. Belinda schließt die Augen und lässt das warme Wasser auf ihrer Haut wirken und nimmt sich eines der Shampoos an der Seite. Es stehen mehrere Männershampoos da, aber auch welche, die eher cremig sind. Vielleicht hat eine andere Frau sie hiergelassen?

Belinda schäumt sich ein, sie kennt sich so gar nicht. Eifersüchtig? Was passiert hier gerade mit ihr, in all diesem Chaos scheint sie auch noch sich selbst in den Gefühlen zu diesem Mann zu verlieren. »Ist alles in Ordnung?« Belinda dreht sich abrupt zur Badezimmertür, der sie den Rücken zugedreht hatte.

Vidals Duschwand ist komplett aus Glas, sodass sie ein Lächeln auf seinem verschlafenen Gesicht erkennt, als sie ihn ansieht. »Ja, ich bin wach geworden und mir war etwas übel von dem Alkohol, ich wollte unbedingt duschen.« Vidal nickt, er trägt nur eine Boxershorts und lässt den Blick nicht von ihr ab. »Jetzt bin ich auch wach.« Belinda muss auch lächeln, er ist niedlich, wenn er so verschlafen ist, kann man das eigentlich zu einem Anführer einer Familia sagen? Niedlich? Er würde sich sicherlich dagegen sträuben.

»Tut mir leid.« Vidal streift sich ohne Hemmungen die Shorts ab und nun kann Belinda ihren Blick nicht von ihm nehmen. Sie waren zwar auch in der Zeit, als sie Alena gesucht haben, öfter zusammen und haben auch zusammen im Auto übernachtet, doch sie sind sich nicht so nah gekommen. Als Vidal jetzt zu ihr unter die Dusche kommt, spürt sie erst, wie sehr ihr diese Nähe gefehlt hat.

Er braucht sie gar nicht an sich zu ziehen, Belinda schmiegt sich von allein an ihn. Vidal küsst ihre Stirn und blickt ihr in die Augen, während nun auch er von den Wasserstrahlen eingehüllt wird. »Ich mag es nicht, dass du es vorziehst, in ein Hotel zu gehen, statt zu mir zu kommen.« Sie konnten ja gestern nicht reden, da Belinda wirklich zu viel getrunken hatte, offenbar möchte Vidal das jetzt nachholen.

»Ich weiß, was für Probleme du deswegen hast, ich sehe ja, wie deine Männer dich ansehen, ich sollte nicht hier sein und das weißt du genau.« Vidal löst mit seinen großen Händen ihren Knoten auf dem Kopf. »Ich habe dich gebeten, zu mir zu ziehen, erinnerst du dich? Lass das meine Sorge sein, sie werden lernen, dich als Belinda zu sehen, nicht die Schwester von Alejandro.«

Belinda würde ihm am liebsten sagen, dass sie das auch ist, doch so wie alles momentan zwischen ihren Brüdern und ihr steht, sollte sie sich das lieber verkneifen. Vidal streicht ihre Haare nach hinten und küsst sie sanft auf die Lippen. Während er sie küsst, gehen Belinda so viele Sachen gleichzeitig durch den Kopf, alles was Vidal für sie tut, alles was er auf sich nimmt, vielleicht irrt sie sich auch einfach.

Als sie den Kuss lösen, nimmt sie noch einmal all ihren Mut zusammen. Vielleicht hat er es beim letzten Mal einfach nicht richtig mitbekommen, die Situation war anders, sie beide waren völlig übermüdet und Belinda sollte nicht so überstürzt falsche Schlüsse ziehen. Sie küsst das Kreuz auf seiner Brust. »Ich fühle mich so wohl mit dir ... Ich liebe dich.«

Belinda hält den Atem an, sie spürt erneut sein Zusammenzucken und schließt einen Augenblick die Augen. Vidal kann sich wahrscheinlich nicht einmal vorstellen, wie viel Überwindung es sie kostet, diese Worte auszusprechen, als erste, es sind nur drei Worte, doch die Bedeutung dahinter wiegt so viel.

Wieder ist Vidal wie erstarrt, doch dann räuspert er sich leicht und festigt den Griff um Belinda. »Das sind bedeutende Worte, Belinda, ich hoffe, dir ist das bewusst?« Sie sieht ihn irritiert an. »Natürlich ist mir das bewusst.« Er nickt und Belinda sieht ihm in die Augen, als er sich dann vorbeugt und sie erneut küsst, spürt sie, dass es anders ist.

Vidal küsst sie zärtlich und fordernd zugleich, als würde er nicht fassen können, sie bei sich zu haben, wahrscheinlich würde Belinda normalerweise bei diesem Kuss dahinschmelzen, doch dieser Kuss übertönt nicht diesen Schmerz, den sie in sich spürt, er hat es nicht überhört, er erwidert es bewusst nicht.

Belinda hat es geahnt und doch tut es weh, sie weiß, dass sie das nicht zulassen darf, sie darf sich nicht wieder auf etwas einlassen, was ihr am Ende nur wehtun wird und bei Vidal deutet wirklich alles darauf hin, dass das kein gutes Ende nehmen wird.

Je mehr sie sich das bewusst macht und für sich eine Entscheidung trifft, umso stärker wird das Verlangen, Vidal noch einmal ganz nah zu sein und ihn noch einmal zu spüren, wie sie es danach nicht mehr wird.

Sie weiß, dass es nicht gespielt ist, als er ihren Hals entlang küsst und behutsam zu ihr ist, als wäre sie ein wertvoller Schatz, es geht nicht darum, dass Belinda denkt, Vidal hätte gar keine Gefühle für sie, nur kann sie auch nicht damit leben, dass er nicht so starke und intensive Gefühle hat, wie ihre sich entwickelt haben.

Als er sie hochhebt und in sie eindringen will, hält Belinda kurz ein, er hat kein Kondom über. Vidal versteht es sofort und sieht ihr in die Augen. »Das brauchen wir nicht mehr!« Aber auch das hilft nicht über den Schmerz hinweg und als Vidal dann in sie eindringt, krallt sich Belinda an seinen Schultern fest. Es ist ein berauschender Mix aus Trauer, Sehnsucht, Liebe und Leidenschaft, sie genießt jede einzelne Sekunde davon und brennt sich all diese Gefühle und diese Nähe tief in ihr Herz, damit, was auch passiert, sie diesen Moment niemals vergessen wird.

Kapitel 16

»Möchten Sie auch etwas zum Frühstück?« Elian wird wach, als eine Krankenschwester ihn anspricht. Dieses Mal ist er eingeschlafen, sein Nacken tut weh, er hat die ganze Nacht auf dem Sessel an Alenas Bett verbracht. Sobald seine Gedanken ihren Namen wiedergeben, blickt er auf das Bett.

Alena sitzt darin und schiebt ein Tablett mit Essen von sich. Die Dusche läuft im Nebenzimmer, das muss ihre Mutter sein. »Du solltest essen.« Alena darf nicht dagegen kämpfen, wieder zu Kräften zu kommen. Er wendet sich zu der Krankenschwester. »Nein, danke. Ich muss los!« Ein Blick auf die Uhr verrät, dass er wirklich los muss, wenn er sich noch einmal umziehen und duschen möchte, also steht er auch gleich auf.

»Fahrt ihr heute auf die Insel?« Alena muss auch schon länger wach sein, sie trägt ein neues Shirt und ihre Haare sind offen. Sie hat leicht gerötete Wangen, vielleicht war sie duschen. Sie erinnert ihn immer mehr an die junge Frau, die er in der Tankstelle getroffen hat, auch wenn Alena behauptet, dass es sie nicht mehr gäbe. Er tritt nun ganz nah an ihr Bett und schiebt ihr das Tablett wieder zu.

»Ja, wir haben jeder eine Jacht zum Hafen bringen lassen und fahren in zwei Stunden los. Ich denke, es ist das erste und das letzte Mal, dass wir zusammen eine Sache mit deiner Familia machen.« Alena nickt. »Aber die Suche habt ihr auch zusammen durchgeführt.« Elian setzt sich direkt neben sie auf ihr Bett. Nun kann er ihr genau in die Augen sehen.

»Wir haben uns abgesprochen, mehr war da nicht. Heute wollte keine Familia darauf verzichten, auf die Insel zu fahren und damit es zu keinen Missverständnissen kommt, fahren wir gemeinsam los, auf getrennten Booten. Mehr wird da niemals sein, Alena. Unsere Familien sind schon immer verfeindet, das wird sich nicht ändern.«

Er möchte das noch einmal ganz deutlich machen. Er deutet auf das Tablett und dass sie essen soll. »Aber wir beide sitzen doch auch hier ohne Hass und Streit.« Elian lächelt matt. »Ich ignoriere, wer du bist und zu welcher Familie du gehörst.«

Plötzlich funkelt etwas in Alenas Augen auf: Trotz? Sie erinnert ihn an die junge Frau, die sich so über ihn aufgeregt hat. »Bin ich … vergiss es. Wir sollten das Thema lieber lassen, es ist ohnehin ohne Bedeutung.« Augenblicklich sind ihre Augen wieder leer und traurig. »Ihr verschwendet ohnehin eure Zeit, ihr werdet ihn nicht aufhalten können. Niemand kann das.«

Die Dusche geht aus, er will verschwinden, bevor die Mutter zurück ins Zimmer kommt. Er weiß, was Alena durchgemacht hat und versteht, wie sehr sie all das quält, dass sie Benjamin alles zutraut und sie wahrscheinlich immer Angst vor ihm haben wird. In dem Moment wird Elian bewusst, was Alena meint, sie wird nie wieder in Frieden leben können, wenn sie Benjamin nicht finden, keiner wird das, aber sie am allerwenigsten.

»Als du dort gefangen warst, hast du da die Hoffnung auf eine Rettung aufgegeben?« Alena sieht auf die Decke, es muss für sie die Hölle sein, zu diesem Ort zurückzukehren und wenn es nur in Gedanken ist. »Ja, hatte ich. Ich habe mit meinem Leben abgeschlossen und darum gebettelt, dass er mich endlich erlöst.«

Elian bekommt eine Gänsehaut, als sie ihm so ehrlich antwortet. Er hebt die Hand und Alena zuckt automatisch zusammen, doch sie schließt die Augen und atmet durch, als müsste sie sich daran erinnern, wer er ist und dann hält sie still, als er vorsichtig eine verirrte Strähne ihrer Haare aus ihren Wimpern befreit.

Er sieht ihr in die Augen und flüstert, er möchte nicht, dass jemand anderes diese Worte hört, es ist eine Sache zwischen ihnen beiden, die Rettung haben sie zusammen durchgestanden und kein anderer wird jemals erfahren, wie all das wirklich war.

»Und doch bin ich gekommen und habe dich da rausgeholt. Ich habe dir damals gesagt, dass du ihn nicht gewinnen lassen darfst und das meine ich auch jetzt noch, also iss und versuch gesund zu werden. Ich werde ihn finden und töten, damit du wieder in Ruhe leben kannst.« Alena sieht wieder auf die Decke, sie scheint seine Worte abzuwägen. »Vertraust du mir immer noch, Alena?« Nun blickt sie hoch, direkt in seine Augen.

»Ja!« Absolut sicher und ohne Zweifel. Er lächelt, er hört Stimmen vor der Tür und steht auf. »Ich werde ihn für all das, was er getan hat, zur Verantwortung ziehen, vertrau mir!«

»Wir müssen gleich los, bist du fertig?« Alejandro ruft nach Santos. Er ist jetzt schon genervt, das wird sicher ein toller kleiner Ausflug, den sie mit den Puentes zusammen geplant haben. Sein älterer Bruder war eh schon genervt, als Santos erst in der Nacht angekommen ist.

Santos will diesen Benjamin erwischen, er kann es nicht erwarten, ihn in die Finger zu bekommen, deswegen brennt er darauf, endlich loszufahren. »Bin gleich da!«

Er legt auf und sieht auf sein Handy. Er weiß nicht, wie er Lilly begreifbar machen soll, dass er es ernst meint. Er würde auf alles verzichten, um sie wieder bei sich zu haben, doch was kann er tun, damit sie ihm das glaubt?

Er hat den ganzen Weg zurück darüber nachgedacht, doch er weiß es einfach nicht. Sie wird ständig an die schlechten Zeiten denken und einen Teufel tun und ihm noch eine Chance geben. Santos steckt sich die Waffe ein und da fällt es ihm ein. Er muss sie erinnern.

Santos muss Lilly an ihre guten gemeinsamen Zeiten erinnern, die schönen Momente, die tiefe Liebe, die zwischen ihnen lag, er muss sie so oft daran erinnern, dass das Schlechte in den Hintergrund rückt. Sie hatten so viel mehr, wofür es sich lohnt, einen Neuanfang zu starten, er muss sie nur daran erinnern.

Es gab so viele Momente, wo Lilly Angst um ihn hatte, doch in Santos' Herz hat sich vor allem der Moment gebrannt, als er das erste Mal wirklich Angst um Lilly hatte. Er wird das niemals vergessen.

Sie war an diesem Tag nicht bei ihm, er musste etwas mit seinem Vater erledigen und wollte sie später abholen, doch als er in ihre Cuidad kam, fragte Alejandro, ob es Lilly gut gehe und alles in Ordnung sei. Nach und nach bekam Santos mit, dass es bei Lilly in der Gegend einen Großbrand mit vielen Toten und Verletzten gegeben hat. Santos war sofort auf dem Weg.

Die ganze Zeit versuchte er Lilly zu erreichen, doch ihr Handy war aus. Bei Gott, Santos weiß noch heute, wie schlimm es sich damals angefühlt hat. Ein kalter Ring hat sich um sein Herz gelegt und zugedrückt, Santos konnte kaum atmen.

Als er bei Lilly ankam, stand ihr Haus noch, Lilly und ihre Mutter haben anderen geholfen und Santos wird niemals die Erleichterung vergessen, die er verspürt hat, als er Lilly in die Arme genommen hat. Santos schreibt ihr diese Erinnerung, dann atmet er aus und fügt hinzu.

'Wie konnte ich nach dem zulassen,
dass ich dich wirklich verliere?'

Santos weiß es einfach nicht, doch er wird sich und Lilly ab jetzt jeden Tag an die Momente erinnern, die sie beide niemals aus ihren Herzen verlieren dürfen. Er schickt die Nachricht in dem Moment ab, als es klopft. »Wir müssen los!«

Belinda steht am Fenster des Schlafzimmers von Vidal und sieht auf die Cuidad hinaus. Es ist ziemlich viel los, dafür, dass es so früh am Morgen ist.

Bei ihnen ist um diese Zeit eher weniger los, doch da sich Vidal und seine Männer zeitgleich mit ihren Brüdern auf den Weg machen, werden diese wohl auch schon auf sein.

Es fahren nur die engsten Kreise mit, hat Vidal ihr erklärt. Neben Elian, Dante, Benito, Cuca und Aaron kommt nur noch er mit. Elian war gerade kurz bei ihnen und hat Belinda erzählt, dass Alena mit ihm spricht und er das Gefühl hat, dass sie sich schon aufgegeben hat. Belinda wird gleich zu ihr fahren, auch wenn sie mittlerweile nicht mehr sicher ist, ob das wirklich hilft. Vielleicht haben alle recht und ihre Anwesenheit hat all diese Dinge mit sich gebracht.

Seitdem sie da ist, läuft hier alles drunter und drüber und es wäre vermutlich nur fair, von hier zu verschwinden und zu hoffen, dass hier wieder Ruhe einkehrt.

»Hier bist du, ich muss los, brauchst du noch etwas?« Vidal ist plötzlich hinter ihr und küsst ihren Nacken. Belinda hat nur eine Shorts und eines seiner Shirts an, Elian hat es nicht einmal mehr gewundert, sie hier anzutreffen. »Nein, es ist alles in Ordnung.« Sie lügt, aber das ist besser so, sie sollte niemandem mehr Probleme oder Sorgen machen.

»Passt auf euch auf ... ihr alle!« Vidal lächelt und noch einmal schmilzt Belinda bei diesem Anblick dahin, sie wird sich all das tief in ihr Herz prägen. »Mach dir keine Sorgen um uns, tu mir den Gefallen und pass auf dich auf, bis ich wieder da bin. Bleib am besten hier und ...« Belinda unterbricht ihn.

»Du hast doch gehört, was mit Alena ist, ich fahre gleich zu ihr und bleibe bis zur OP morgen bei ihr.« Vidal sieht zwar nicht wirklich begeistert aus, doch er nickt. »Okay, ich melde mich, sobald wir von der Insel wieder zurück sind.« Belinda legt noch einmal ihre Arme um ihn, seine Hände umfassen sie automatisch und verweilen knapp über ihrem Po.

Nachdem sie sich gestern lange in der Dusche geliebt haben, waren sie in der Küche und haben um kurz nach fünf Uhr morgens gegessen. Belinda hat das erste Mal seit Langem wieder in Ruhe etwas zu sich genommen und nicht einfach nur schnell unterwegs etwas heruntergeschlungen. Danach haben sie sich auf Vidals Terrasse in eine Relaxliege gelegt und zusammen den Sonnenaufgang betrachtet. Es hat nicht lange gedauert und sie haben sich erneut geliebt und wieder war es einfach nur eine weitere schöne Erinnerung, die Belinda mit sich tragen wird.

Sie haben noch kurz geschlafen, doch nun geht alles so schnell und Belinda würde gern kurz die Zeit anhalten. »Tue mir den Gefallen und erschrecke Emilia und Petro nicht. Sie können nichts für all das, was passiert ist.« Vidal küsst ihre Nasenspitze. »Was mich betrifft, sind die beiden mir vollkommen egal, ich kann allerdings nicht für deine Brüder sprechen, die ruhig zu halten liegt nicht in meinem Aufgabenbereich.« Belinda lacht über Vidals strenge Worte und küsst ihn kurz auf die Lippen.

Doch es bleibt nicht dabei, als sie sich löst, sieht ihr Vidal in die Augen und führt noch einmal zärtlich ihre Lippen zusammen. Seine Hand geht in ihren Nacken und Belindas Hand schlüpft unter sein dunkles Shirt, das er gerade erst angezogen hat. Sie fühlt seinen Herzschlag unter ihren Fingerspitzen und seufzt enttäuscht auf, als Vidals Handy klingelt und den Kuss unterbricht.

Er lacht leise und küsst ihre Lippen noch einmal kurz. »Ich melde mich später.« Dann ist er weg.

Belinda atmet tief ein, sie sieht vom Fenster aus zu, wie Vidal und die Anderen in die Autos steigen und losfahren. Sie zieht ihr Handy heraus und ruft die Nummer, die sie schon zu Beginn ihres Puerto Rico-Aufenthaltes gespeichert hatte und sobald sich die Dame meldet, versucht sie, gegen die Tränen anzukämpfen.

Sie bucht einen Flug für übermorgen in die nächst größte Stadt in der Nähe von Camillas Dorf. Sie wartet die OP ab und wie es Alena geht, dann möchte sie sich noch von Camilla verabschieden. Pablo wird sie gleich aufsuchen.

Für den nächsten Tag bucht sie dann einen Flug nach Portland von da unten und als die Frau sie fragt, ob sie auch einen Rückflug buchen möchte, kann Belinda ihre Tränen nicht mehr zurückhalten. »Nein, keinen Rückflug!«

Sie wird Puerto Rico und das Leben hier verlassen, sie ist fest entschlossen. Alena wird es bald besser gehen und sie sollte sich wirklich lieber von dem Leben hier fernhalten, das ist für alle das Beste. Sie hat nichts als Ärger mit hierhergebracht, sie kann nicht einmal enttäuscht von ihren Brüdern und Cousins sein, sie versteht, wieso sie ihr aus dem Weg gehen und die Liebe zu Vidal kann eh nur böse enden.

Sie könnte der Grund sein, dass dieser Krieg neu entfacht wird und das, obwohl Vidal sie noch nicht einmal liebt.

In dem Moment muss sie an ihre Mutter denken, an die Erzählungen ihres Vaters, dass er nichts von ihren Plänen wusste und nun das erste Mal nach all diesen Jahren, mit dieser Liebe zu Vidal, zu ihren Brüdern und all den anderen Personen im Herzen, versteht sie, wie schwer all das damals für ihre Mutter gewesen sein musste und dass sie deswegen niemals darüber reden wollte.

Belinda wischt sich die Tränen weg. »Ich verstehe, Mama, es tut so weh!« Sie sieht in den Himmel und weiß, dass es ihrer Mutter das Herz brechen wird, dass nach so vielen Jahren, jetzt ihre Tochter hier steht und genau den gleichen Schritt wie sie gehen wird.

»Ist alles in Ordnung bei dir?« Dante spürt den Blick seines Cousins Elian auf sich. Sie beide fahren allein hinter den Anderen her. Vor ihnen sitzen Vidal, Aaron, Benito und Cuca im Auto. »Ja, denke schon. Es ist einfach eine anstrengende Zeit.« Elian zündet sich eine Zigarette an. »Wem sagst du das? Hast du noch einmal mit Camilla gesprochen?«

Damit hat er Dantes wunden Punkt getroffen. Er vermisst sie, ständig, dabei ist sie erst seit Kurzem weg, doch er weiß, dass er niemals wieder dieses Gefühl des Glückes in sich tragen wird, wie zu der Zeit, als er Camilla an seiner Seite hatte. »Nein, ich habe nur von ihrer Schwester erfahren, dass sie bei ihnen im Dorf angekommen ist. Es ist das Beste, dort ist sie am sichersten.«

Elian lehnt sich zurück und steuert das Auto mit einer Hand. »Ich habe das erst nicht verstanden, dass du dich getrennt hast, doch jetzt, nach den Tagen mit Alena, bin ich froh, dass unsere Frauen alle weit weg wohnen und sicher sind. Es ist ein beschissenes Leben, was wir hier zu bieten haben.«

Dante sieht aus dem Fenster. »Suela redet nicht mehr mit mir, aber auch sie ist wenigstens in Sicherheit. Wir werden uns diesen elenden Mistkerl schnappen, und am Anfang dachte ich, das würde reichen, um Camilla Sicherheit bieten zu können, doch das ist nicht so, da brauchen wir uns nichts vorzumachen.

Der Krieg mit den Sombras kann jederzeit wieder ausbrechen und man ist hier niemals wirklich sicher, nicht an meiner Seite, nicht mit all den Feinden, die uns gegenüberstehen.«

Elian schnippt die Zigarette aus dem Fenster. »Deswegen werde ich mich niemals verlieben, nicht in diesem Leben.« Dante lächelt mild, er hatte das auch nie vor. »Das Schlimmste ist, sie wusste es, sie wollte es von Anfang an nicht. Sie hat mich aus gutem Grund auf Abstand gehalten, doch ich egoistischer Arsch musste sie haben, unbedingt.

Nun ist sie auf der Flucht und hängt in irgendwelchen Höhlen von Psychopathen, nur weil ich nicht auf sie verzichten konnte. Ich weiß, dass viele nicht verstehen, wieso du dieser Alena ein wenig hilfst, doch ich denke, dass es richtig ist, weil, dort könnte genauso gut Camilla oder Suela liegen, es ist nur ihr Glück und das Unglück von Alena, dass sie da liegt.«

Elian sieht zu ihm und sie sehen sich kurz in die Augen, sie beide leben in dieser beschissenen Welt mit ihren Regeln, sie lieben die

Familia und würden dafür sterben, sie sind hineingeboren, doch Dante wird nicht zulassen, dass die Frau, die er über alles liebt, seinetwegen in Gefahr gerät, niemals!

»Können wir nicht einfach schon losfahren?« Santos ist heute extrem schlecht gelaunt und ungeduldig. »Sie haben noch zehn Minuten. Wir haben uns darauf geeinigt, gemeinsam loszufahren. Du weißt schon, kein unnötiger Stress, die Situation ist auch so schon beschissen genug.« Alejandro sieht seine beiden jüngeren Brüder mahnend an.

Von jedem Einzelnen liegen die Nerven blank und Alejandro hat alle Hände voll zu tun, um sie alle im Griff zu behalten, besonders Roman macht ihm Sorgen, er ist so auf Rache aus, dass er eine tickende Zeitbombe ist.

»Sind alle Waffen an Bord?« Levi und Suerte bringen noch zwei Taschen mit an Bord, Roman folgt ihnen nach unten. »Ja, wir laden sie neu und bereiten alles vor.«

Santos und Ponce folgen ihnen. Nur sie sechs machen sich auf den Weg. Das reicht, sie werden Rache üben für alles, was Benjamin getan hat, besonders für Alena.

Es ist plötzlich ganz ruhig, es ist noch früh und am Hafen wenig los, er sieht auf das Motorboot der Puentes neben ihnen und setzt sich nach vorn, um auf das Meer zu blicken. Er liebt es, der Anführer zu sein, doch manchmal wünschte er, er könnte sich ein wenig zurücklehnen und mal die Anderen machen lassen, einfach nicht diese schwerwiegenden Entscheidungen treffen zu müssen und das Anderen zu überlassen, doch er will auch nicht, dass jemand anderer die Konsequenzen zu tragen hat, falls die Entscheidungen falsch waren.

Alejandro holt sein Handy heraus, er hatte die letzten Tage keine freie Minute und jetzt denkt er an den Kuss mit April zurück. Er hätte ihr in diesem Moment einiges zu sagen gehabt, doch Alejandro ist einfach kein Mensch der vielen Worte und deswegen hat er sie geküsst.

Er weiß nicht einmal, ob sie jemals wieder mit ihm sprechen möchte, doch wenn ihr der Kuss nur halb so viel gefallen hat wie ihm, sollte er es drauf ankommen lassen.

Er wählt ihre Nummer und sie geht nach dem zweiten Klingeln ran. Sie hört sich müde und erschöpft an. »Hast du geschlafen?« Kurze Stille. »Alejandro?« Er lächelt. »Natürlich, wer sonst. Ich habe gedacht, ich frage mal nach, wie die Gerichtstermine gelaufen sind.« April hat erzählt, sie hat ein paar Termine wegen irgendwelcher Lieferprobleme, doch Alejandro hat sofort gemerkt, dass das nicht stimmen kann.

»Übermorgen früh wird ein Urteil erwartet. Ich … weiß auch nicht. Wie geht es Alena und Belinda?« Alejandro verschränkt die Arme. »Worum geht es wirklich bei diesem Urteil? Ich weiß, dass du Belinda nur nicht zusätzlich belasten wolltest, doch mir kannst du es sagen, du hörst dich nicht so an, als wären das nur ein paar kleine Probleme.«

Alejandro spürt, dass er recht hat, er weiß, wie sehr sie an ihrem Laden hängt, aber irgendetwas stimmt nicht. Ganz und gar nicht. In dem Moment hört er Stimmen, wahrscheinlich ist April gerade in ihrem Laden und das sind Kunden. »Ich schaffe das schon, kümmere du dich um Alena und deine Schwester. Ich muss Schluss machen, ich habe Kundschaft. Grüß alle.«

Sie legt auf und Alejandros ungutes Bauchgefühl nimmt zu, doch in diesem Moment halten zwei Autos und Vidal, Elian, Dante, Benito, Cuca und Aaron steigen aus.

Kapitel 17

Sie gehen auch sofort auf ihr Schiff. »Bereit?« Alejandro nickt seinem sonst so verhassten Feind Vidal zu, alles in ihm sträubt sich gegen diese Zusammenarbeit, aber er hat momentan keine andere Wahl.

Ponce kommt nach oben und wirft ihren Motor an, genau wie Aaron gleich das Boot der Puentes startet. Sie haben keine Zeit zu verlieren. Es dauert, bis sich die Insel vor ihnen auftut, auf der dieser verdammte Benjamin aufgewachsen sein muss und sich seine kranken Gedanken gebildet haben müssen. Sie beobachten alles ganz genau, jeder ist hochkonzentriert, um auf alles vorbereitet zu sein.

Belinda hat gesagt, dass sie ein Wachsystem haben, das sie vor Eindringlingen warnt, also können sie damit rechnen, dass jemand auf sie wartet, wenn sie ankommen, als sie aber an den Bojen vorbeikommen, die mit dem Warnsystem ausgestattet sein sollen, bemerken sie, dass diese zerstört sind.

Vidal und Alejandro werfen sich einen Blick zu, beiden ist sofort klar, dass das nicht normal ist. Sie nähern sich nun immer schneller der Insel und erkennen ein ausgebranntes kleines Schiff am Strand. Nun ist klar, hier muss etwas passiert sein.

»Nehmt genug Waffen mit!« Sie steuern auf den Steg zu, der für Boote vom Strand ins Wasser gebaut wurde. Alejandro versucht, sich einen Eindruck zu verschaffen und alles im Auge zu haben, doch außer dem kleinen Strandabschnitt erkennt man nur Bäume und einen Wald.

Sie fahren so nah an den Steg heran, dass Santos abspringen und ihr Boot befestigen kann, wie auch Elian das Boot der Puentes befestigt. Zusammen verlassen sie die Boote, ziehen die Waffen und laufen den Steg zum Strand hinunter, dabei blicken sich alle immer wieder um, es ist still hier, gespenstisch still.

Vor ihm läuft Santos neben Dante. »Daran werde ich mich nie gewöhnen.« Dante spricht aus, was sie alle denken: Sie zusammen auf einer Mission? Die Los Puentes und die Cinco Sombras? Das wird eine einmalige Sache bleiben, das ist ihnen allen klar, doch das Ziel ist zu wichtig, um es jetzt aus den Augen zu verlieren.

Sie betreten den Wald. Dante zeigt in eine Richtung. »Laut meiner Schwester müsste es hier entlang zum Kloster gehen, wir sollten da als Erstes nachsehen.« Vidal und Alejandro stocken. »Das Dorf soll hier entlang sein, teilen wir uns auf, so haben wir alles schneller im Griff. Santos, Suerte, Levi, ihr geht zum Dorf, wir sehen im Kloster nach.« Er teilt alle auf.

Vidal sieht auf sein Handy, Alejandro tut es ihm gleich und wie es Belinda erzählt hat, haben sie hier keinen Empfang. Dann nickt Vidal zu Dante, Elian und Aaron, die Santos und den anderen in Richtung Dorf folgen, Alejandro bleibt einen Augenblick stehen. Er hasst es, wenn sich die Männer trennen müssen, sollte im Dorf etwas auf sie warten, kann er nur hoffen, dass sie damit umgehen können. Roman soll bei ihm bleiben, sein Cousin ist momentan eine tickende Bombe und er muss ihn im Auge behalten, seinen jüngsten Bruder Ponce behält er auch lieber bei sich.

Er flucht leise und beeilt sich, um Vidal, Benito, Cuca, Roman und Ponce einzuholen. Sie umlaufen einige Bäume und stehen plötzlich auf einer Lichtung, auf der sich ein altes kleines Kloster befindet, was dank des Kreuzes unschwer zu erkennen ist.

»Wie in einem Horrorfilm, kein Wunder, dass alle Kinder, die hier aufgewachsen sind, gestört sind.« Ponce neben ihm lädt seine Waffe durch, als sie näher zum Gebäude kommen. »Passt auf!« Benito deutet auf das Gebäude und nun bemerkt auch Alejandro, dass die Tür offen steht und Blut auf dem Boden ist. »Er ist hier!« Alejandros Herz schlägt schneller, er kann es nicht erwarten, diesem Bastard gegenüberzustehen.

Vidal betritt als Erster das Kloster, auf dem Boden sind blutige Fußspuren, die direkt zu einem Raum führen. Man erkennt deutlich die Füße eines Mannes, er muss barfuß hier gewesen sein, aber wieso ist hier alles so blutverschmiert?

Die Wände sind kalt und grau, doch auch hier erkennt man Blutspritzer. »Was ist hier passiert?« Fast schon automatisch überholt Alejandro Ponce, als sie auf den Raum zugehen, zu dem die Fußspuren führen, er wird sich immer schützend vor seine Brüder stellen, immer.

Man kann auf dem Weg in einige abgetrennte Bereiche blicken und hier wirkt alles normal, bis auf einen umgestoßenen Stuhl und dass alles hier sehr kalt und nur auf das Nötigste beschränkt wirkt, scheint hier nichts weiter passiert zu sein. Ohne zu zögern gehen sie darauf zu, Vidal öffnet die Tür und sie alle heben die Waffen höher und halten sie zum Abschuss bereit, doch was sie dann in dem großen Wohnraum entdecken, lässt sie alle einhalten und die Waffen wieder senken.

»Was zur Hölle ….?«

Der Raum und seine grauen Steine sind blutverschmiert, an der Decke an einem alten Holzpfosten, der das Dach vermutlich stabilisieren soll, hängen drei Nonnen an einem Strick. Keine von ihnen lebt mehr, doch das Blut rinnt an ihren schwarzen Kutten herunter. Alejandro hat schon viel gesehen, viel erlebt, selbst getötet und miterlebt, wie Menschen verletzt oder auch gefoltert wurden, doch hier und jetzt hält er ein und bekreuzigt sich, genau wie alle Anderen im Raum.

»Die haben sich niemals selbst umgebracht.« Vidal geht zu den drei Stühlen, die unter den Nonnen stehen und blickt auf die große Blutlache darunter. Sie müssen unter ihren Kutten verletzt sein, müssen schwer verwundet worden sein, bei so viel Blut, vielleicht waren sie sogar schon tot, als man sie hier aufgehängt hat.

Von draußen vernehmen sie ein Geräusch, als würde ein Stuhl umfallen und heben sofort wieder ihre Waffen. Alejandro geht noch einmal den Raum ab, doch hier ist nichts mehr zu retten, die Frauen, die ihr Leben Gott und den guten Taten an den Menschen gewidmet haben, sind tot und er kann nur hoffen, dass sie jetzt an einem besseren Ort sind.

»Von wo kam das?« Ponce hat ihn überholt und Alejandro verlässt ebenso schnell wie er den Raum wieder, sie sehen sich um, doch die Türen zu allen anderen Räumen sind offen oder haben erst gar keine Tür, bis auf eine. Alejandro deutet stumm an, dass sie die Tür öffnen werden, wieder bekreuzigt sich Alejandro und bittet im Stillen, dass sie nun endlich auf Benjamin treffen und die Welt von seiner kranken Seele befreien können.

Dieses Mal ist es Roman, der die Tür aufstößt und er betritt als Erster den Raum, hinter ihm Benito. Das Bild, das sich ihm bietet, ist noch unwirklicher als das im Nebenzimmer. Eine weitere Nonne liegt auf einem Bett, doch ihr Gesicht ist viel jünger als das der Schwestern, die bereits tot sind. Sie blutet auch, das sieht man, weil ihr Ordensgewand nach oben geschoben ist und darunter nur eine hellgraue blutdurchtränkte Leggings und ein weißes Top zu sehen sind und da erkennt man Messerstiche, mehrere. Auch die anderen Schwestern müssen diese abbekommen haben, das würde das viele Blut erklären.

Auch diese junge Nonne steht auf der Schwelle zum Tod, dafür braucht man kein Arzt zu sein, um das zu erkennen, sie ist sehr hell, ihre Augen geschlossen, aber trotzdem ist ihr Gesicht schmerzverzerrt. Ein Mann hockt vor ihr, erst haben sie alle ihre Waffen im Anschlag, um ihn genau anzuzielen, doch sie erkennen schnell, dass es nicht Benjamin ist, im Gegenteil.

Roman neben ihm wird stocksteif, Ponce räuspert sich und auch er würde sich am liebsten über die Augen reiben, als der Mann sich zu ihnen umwendet und ein sehr ähnliches Abbild von Roman und Alena zum Vorschein kommt.

Belinda hat ihnen von diesem Petro erzählt, doch das jetzt hier so zu sehen, ist noch einmal etwas anderes. Alejandro hat nicht wirklich daran geglaubt, doch ein Blick genügt, um ganz genau zu wissen, dass dieser Mann der Bruder von Roman und Alena sein muss, somit auch sein Cousin.

»Noch mehr von euch?« Vidal findet natürlich als Erster seine Sprache wieder. Benito merkt offenbar, dass sie einen Moment völlig überrumpelt sind und tritt zu Petro vor, der auch zwischen ihnen allen hin- und herblickt. Sein Blick ruht einen Augenblick auf Roman, doch dann wendet er sich wieder der Frau zu, so als wären sie gar nicht da.

Seine Arme sind bis zu den Ellenbogen voller Blut, er drückt Tücher auf die Wunden der Frau. »Was ist hier passiert? War das dieser Benjamin?« Der Name lässt auch Alejandro wieder klar denken und ebenso vortreten. »Ich muss meine Schwester retten, ihr seid zu spät, er ist wieder weg und wenn das stimmt, was er von sich gegeben hat, war all das hier erst der Anfang. Er ist zurückgekommen, um sich das Geld der Schwestern zu holen und seine restlichen Waffen, damit nun sein wirklicher Plan beginnen kann.«

Vidal flucht auf, zieht ein Bettlaken von einem der anderen Betten und reißt es in Streifen. Cuca hat seine Waffe als Einziger noch immer gehoben. »Woher wissen wir, dass du nicht zu ihm gehörst? Wieso lebst du noch, wenn alle Anderen hier tot sind.« Roman kommt auch einen Schritt weiter zu ihnen, lässt Petro aber nicht aus den Augen, auch wenn er sich an Cuca wendet.

»Du weißt, dass du deine Waffe nicht auf einen Cinco Sombras richten darfst, ohne einen Krieg zu riskieren.« Cuca schnauft auf, lässt seine Waffe aber nicht fallen. »Du weißt nicht, zu wem diese … Menschen hier gehören und was für Gedanken sie haben. Also rede, was ist hier passiert, oder ich sorge dafür, dass du deine … Schwester nicht retten kannst.« Vidal drängt sich unsanft an Petro vorbei und hebt die Kutte der Schwester weiter hoch, um sich alle Wunden anzusehen. Einen Moment wirkt es so, als würde Petro das verhindern wollen, doch dann scheint er zu spüren, dass das in dieser Situation unsinnig ist.

Alejandro tritt auch näher an das Bett, die junge Frau hat viele Einstiche, aber sie atmet noch, wenn auch ganz leicht. Vidal umschlingt die erste Wunde mit einem Streifen Bettlaken, um die Blutungen ein wenig zu stoppen, Alejandro tut es ihm gleich und beginnt mit einer Wunde am Arm, was Petro dazu bringt, sich doch umzuwenden.

»Benjamin ist schon lange weggewesen und wir alle waren froh darüber, nachdem er Schwester Novida, die uns großgezogen hat, mit ...« Cuca wedelt mit der Waffe herum. »Wir kennen diesen Teil der Geschichte, was ist jetzt hier passiert?« Petro wischt sich über die Stirn.

»Er ist plötzlich wieder aufgetaucht. Erst dachten wir, es ist Sofia, als der Alarm losging. Ich bin Holz hacken gegangen, um ihr aus dem Weg zu gehen, ich bin nicht einverstanden, dass sie den Familias helfen wollte, mich interessiert es nicht, was mit euch ist, genauso wenig wie es euch interessiert, was mit uns passiert ist.«

Alejandro hält einen Moment ein und sieht auf, während er den Brustkorb der Frau abbindet. Sie sind in der absoluten Mehrheit und bewaffnet, doch Petro scheint das nicht zu stören. »Das ist mehr als offensichtlich ein Sombras.« Auch wenn Vidal das genervt murmelt, spürt Alejandro einen kleinen Hauch von Anerkennung für den Mut Petros in sich aufkommen.

»Das war mein Fehler, ich habe die Frauen nicht beschützt, weil ich zu stur war. Als ich wiederkam, stand das Dorf in Flammen, ich bin hergerannt und habe gesehen, wie er die Nonnen mit einem Messer gezwungen hat, sich selbst das Leben zu nehmen, versteht ihr, damit sie nicht in den Himmel kommen ... Ich habe mich auf ihn gestürzt und konnte ihn gerade davon abhalten, auch Emina dazu zu zwingen, bei den anderen kam ich zu spät.

Ich habe gesehen, dass er den Koffer der Schwestern hatte, worin sie jahrelang Geld gespart hatten, um das Kloster bald neu zu renovieren. Und ich habe in einer Reisetasche viele Waffen und Bomben entdeckt, ich habe es geschafft, ihm das Messer abzunehmen, doch dann konnte er flüchten.« Er sieht sie alle an, Alejandro hat das Gefühl, den jüngeren Roman vor sich zu haben.

»Benjamin war immer verrückt, doch ich habe ihn noch nie in einem solchen Wahn gesehen, er meint das absolut ernst, all das war erst der Anfang. Ich konnte ihn nicht verfolgen, da sonst Emina verblutet wäre, sonst hätte ich ihn gestoppt. Ich habe ein Schnellboot starten gehört, dass ist jetzt sicherlich eine Stunde her, dann habe ich eure Boote gehört, ich dachte, er kommt noch einmal zurück. Ich will die Wunden von Emina abbinden und sie mit unserem Boot zu einem Arzt schaffen, danach werde ich ihn suchen und für all das zur Rechenschaft ziehen.«

Vidal lacht einmal hart auf und sieht zu Roman, Alejandro legt den letzten Verband um eine Wunde am Schenkel. »Das Boot ist ein Haufen Asche am Strand und bevor du jetzt hier Rachepläne im Alleingang schmiedest, solltest du deine … Schwester hier wegbringen, jede Minute zählt, sie verblutet. Wir bringen euch ans Land.«

Petro steht auf und hebt die junge Frau auf seine Arme, er ist groß und breit, genau wie sie alle und er will an ihnen vorbei, ohne noch einmal auf Roman zu blicken, der ihn nicht aus den Augen lässt, auch Alejandro würde sich am liebsten die Augen noch einmal reiben, um sicherzugehen, dass er sich das hier nicht einbildet.

»Wir haben noch nie eure Hilfe gebraucht, auch jetzt nicht!«

Cuca steckt die Waffe weg. Während sie alle völlig überrumpelt sind, fällt es den Puentes nicht so schwer, mit der Situation umzugehen. Er deutet auf das Nebenzimmer. »Das sieht man, wie gut du hier alles im Griff hast.«

Alejandro setzt an, etwas zu sagen, da kommen die Anderen wieder. »Da gibt es keine Häuser mehr, alles ist ein Asche …« Sie stocken und bleiben stehen, als sie auf Petro und Emilia sehen und Alejandro atmet tief ein.

Das alles darf nicht wahr sein, schon wieder sind sie einige Schritte hinter Benjamin zurück und alles ist ein reines Chaos, und wenn man den Worten von Petro glauben darf, ist all das hier erst der Anfang.

Lesen Sie weiter in …

El Puerto – Der Hafen 5

Gefährliche Rache

Leseprobe :

Alejandro parkt vor dem riesigen Gerichtsgebäude. Er hat überhaupt nicht die Zeit, hier zu sein, doch sein Bauchgefühl hat ihn hergeführt. Er hat gerade noch mit Roman telefoniert, Alena wird für die Operation fertig gemacht, er sollte da sein oder sich um den ganzen anderen Mist kümmern, doch irgendwie konnte er nicht anders und musste herkommen.

Er hat mitbekommen, wie sehr April an dem Laden hängt und ist sich sicher, dass das kein harmloser Gerichtstermin ist, April hat sich bei ihrem kurzen Telefonat sehr schlecht angehört und Alejandro ist sich sicher, dass sie nur nichts sagt, um Belinda nicht noch mehr zu belasten.

Was ihn das alles angeht? Nichts, doch trotzdem ist er hergeflogen. Er kennt jemanden bei der Polizei, der für sie arbeitet, ansonsten würden ihre Geschäfte in Amerika nicht so gut laufen. Derjenige konnte ihm zwar nicht sagen, worum es bei der Verhandlung geht, doch wann und wo sie ist.

Sie hat bereits begonnen und läuft schon einige Minuten, als Alejandro das Gerichtsgebäude betritt. Er öffnet seine Jacke, von der die vielen Regentropfen abperlen, die er auf der kurzen Strecke schon eingefangen hat, an dieses Wetter kann man sich gar nicht gewöhnen.

Alejandro hat seine Waffe im Auto gelassen, er muss durch einen Metalldetektor durch und dann geht er in den Gang, in dem der Verhandlungsraum liegt, doch als er da ankommt, laufen ihm schon einige Menschen entgegen. Ein dunkler Mann, der sehr zufrieden lacht und einem Anderen dankt, dann noch zwei Männer und eine Frau. Die Tür steht offen und Alejandro sieht in den Saal. Ganz vorn an einem Tisch erkennt er April, zwar sieht er nur ihre geglätteten Haare, doch er ist sich ganz sicher, dass sie es ist.

Sie ist fast allein hier. Eine Richterin steht gerade ebenfalls auf und sieht zu April herunter, die ihren Kopf gesenkt hält. »Es tut mir leid.« April sagt kein Wort, während die Frau nun ebenfalls den Saal verlässt. Das ungute Bauchgefühl von Alejandro nimmt weiter zu und er geht einige Schritte weiter auf sie zu. »April?«

Egal wie sehr sie vielleicht in Gedanken war, sie dreht sich augenblicklich zu ihm um und nun bestätigt sich sein Gefühl: Sie weint. Dicke stumme Tränen laufen ihre hübschen Wangen hinunter und sie sieht ihn ungläubig an. »Was …?« Alejandro kommt noch näher, er würde sie gern in seine Arme nehmen, doch er weiß nicht, wie sie darauf reagieren würde. Sie hat ihn zurückgeküsst, als sie sich verabschiedet haben, doch in ihrem Zustand sollte er jetzt lieber keine Risiken eingehen. Er setzt sich vor ihr auf den Tisch und wischt mit seiner Hand ihre Tränen weg.

»Irgendwie habe ich geahnt, dass das hier nicht nur einfach irgendeine Gerichtsverhandlung ist und offenbar hatte ich leider recht.« Ihre Tränen werden automatisch mehr und sie senkt den Blick, sie atmet schwerer, als würde sie keine Luft mehr bekommen. »Ich war so dumm, Alejandro, so dumm …«

Er hat geahnt, dass da mehr hinter steckt, dass es so schlimm ist, wie sie ihn jetzt panisch ansieht, hat er nicht geahnt. »Was ist genau passiert, April?« Sie steht jetzt genau vor ihm, während er an den Tisch gelehnt ist, so kann er in ihre schönen Mandelaugen sehen und erkennen, wie durcheinander sie ist.

»Ich war so … Als ich mitbekommen habe, dass Belinda ihren Vater gefunden hat … hat mir das auch irgendwie Hoffnung gemacht. Ich habe das niemandem erzählt, weil keiner weiß, dass ich mir auch immer einen Vater gewünscht habe.

Weißt du, ich habe immer so getan, als wäre es mir egal, aber als ich gehört habe, wie glücklich Belinda ist und auch ihr Vater, ist eine Hoffnung in mir aufgekommen, von der ich vielleicht selbst nie etwas wusste.

Ich war so dumm … Ich sehe doch, was für Männer meine Mutter hat, Schläger, Verlierer, doch irgendwo tief in mir hatte ich die Hoffnung, dass er mich vielleicht auch sehen möchte, mich sucht oder sich freut, von mir zu hören.« April holt tief Luft und noch einmal hebt Alejandro die Hand und wischt ihr einige Tränen weg, er kann das gar nicht sehen. April lässt ihn auch gewähren, sieht ihn aber immer noch ungläubig an, als könne sie all das selbst noch nicht glauben.

»Hast du ihn gefunden?« April nickt. »Ich war sogar so naiv und habe einen Privatdetektiv beauftragt. Wie dumm von mir, das hier wird die Sache sein, die ich mein Leben lang bereuen werde.« Alejandro hebt die Hände. »Also ist er ein Arsch? Aber da bist du nicht die Einzige, du hast vorher gut ohne ihn gelebt und wirst es auch jetzt wieder. Vergiss ihn einfach.«

Es muss für April eine große Enttäuschung sein, wenn sie dachte, wie Belinda einen Teil ihrer Familie zu treffen und dann jemanden gefunden hat, der vielleicht kein Interesse hat. Doch wieso sitzt sie jetzt hier vor Gericht? Bevor Alejandro aber dazu eine Frage stellen kann, fährt April schon fort.

»Wir haben ihn gefunden, er ist ein arbeitsloser Kleinverbrecher, der mich sofort in meinem Laden besucht hat. Er hat sich nicht eine Sekunde für mich interessiert, Alejandro, hat nur ein paar Fragen gestellt, was ich mache und was ich alles besitze, dann ist er abgehauen und kurz bevor ich nach Puerto Rico kam, hatte ich die Vorladung zu der Gerichtsverhandlung. Er hat mich auf Unterhalt verklagt, als seine Tochter muss ich für ihn aufkommen.«

Nun ist es Alejandro, der überrascht zu ihr blickt. »Im Ernst? Du kennst ihn doch gar nicht und hast nie etwas mit ihm zu tun gehabt. Er ist doch auch niemals für dich aufgekommen.«

April lacht bitter auf. »Das dachte ich auch, so würde jeder normale Mensch denken, deswegen habe ich mir anfangs auch keine Sorgen gemacht, ich habe mir nicht einmal einen Anwalt genommen ...« Wieder werden ihre Tränen stärker, doch sie ist schneller und wischt sich mit dem Ärmel ihrer Bluse die Wangen trocken.

»Doch es gibt Gesetzte, wir mussten einen Test machen und da er mein leiblicher Vater ist und kein Einkommen hat, bin ich gesetzlich dazu verpflichtet, für ihn aufzukommen. Es gibt hier einige Gesetze, die einfach so sind, ich war dann bei drei Anwälten, keiner kann mir da raushelfen. Die Richterin hat es nicht gerne getan, doch sie musste ihm die Hälfte meines Ladens zusprechen.«

Jetzt versteht Alejandro das erste Mal, warum April so aufgelöst ist. »Soll das heißen, dass er jetzt die Hälfte deines Gewinnes bekommt?« April schüttelt den Kopf. »Es wäre gut, wenn es so wäre, nein, mein Vater verkauft das Geschäft, er hat schon lange Interessenten und da ich nicht die Hälfte des Ladens weiter betreiben kann, muss ich mich mit der Hälfte des Geldes zufrieden geben ...«

April steht auf und steckt mehrere Unterlagen in ihre Tasche. »Es ist egal, wie viel Geld er für den Laden bekommt, es kann niemals den Wert ersetzen, den der Laden für mich hat. Wegen ihm verliere ich alles, meinen Traum, meine ganze Arbeit ... Ich habe alles in das Geschäft gesteckt, alleine die Wandverzierungen habe ich monatelang von Hand gemacht, ich habe nicht die Kraft, jetzt wieder etwas neues aufzumachen und vor allem muss ich dann wieder alles teilen. Es ... ich war so dumm!«

Nun verliert sie endgültig die Fassung und Alejandro versteht sie vollkommen, ohne jetzt noch groß darüber nachzudenken, zieht er sie in seine Arme und sie nimmt diese Geste dankbar an. April weint und ihr Kopf liegt auf seiner Brust. Alejandro umfasst sie und ein merkwürdiges Gefühl kommt in ihm hoch.

Auch wenn er wütend darüber ist, was passiert ist, genießt er die Nähe zwischen ihnen. Aprils Gesicht liegt genau an seinem Herzen und er fühlt sich ertappt, denn sie muss hören, dass ihre Nähe sein Herz schneller schlagen lässt.

»Danke, dass du da bist!« Er ist gekommen, um April beizustehen und plötzlich sind es seine Gefühle, die verrückt spielen. Es ist ungewohnt für ihn, all das. Als Anführer ist er es gewohnt, die Fassung zu bewahren, sich nicht von Gefühlen leiten zu lassen. Nichts lässt er zu nah an sich heran, sonst hätten die letzten Tage ihn viel zu sehr im Griff gehabt, doch er ist es gewohnt, zu allem eine gewisse Distanz zu wahren, er muss es, doch hier und jetzt gelingt ihm dies das allererste Mal im Leben nicht mehr.

Er atmet Aprils Duft ein und verstärkt noch einmal den Griff um sie, langsam hört sie auf zu zittern, doch da kommen zwei Frauen und ein Mann in den Saal. Sicherlich für die nächste Verhandlung. Alejandro räuspert sich leise, selbst vollkommen durcheinander.

»Lass uns von hier verschwinden!«

Ab März/April 2017 im Handel erhältlich

Entdecken Sie die ergreifende Welt von Jaliah J. ...

Die Bücher | Homepage English | Aktuelles und Kontakt zu Jaliah J. | Kontakt | Gästebuch

follow me ...

El Puerto – Der Hafen 3 Gefährliche Geheimnisse ab 15. Juli 2016 im Handel erhältlich.

Jaliah J. ist eine junge Autorin, die mit ihrer Familie in Berlin lebt. Ihre Wurzeln sind in der ganzen Welt verstreut, doch ihr Herz schlägt für Puerto Rico.
Angefangen haben ihre ersten Schreibversuche in einigen Internetforen, wo sie schnell einige treue Leser ihrer Geschichten gefunden hat und es nicht mehr viele Schritte bis zum ersten Buch waren. Mittlerweile füllen viele Bücherregale die Werke der jungen Autorin und ihre Bücher sind regelmäßig in der Bestsellerliste von BOD vertreten.

Mit ihrer bekannten Llora por el amor - Reihe hat sie eine ganz neue Welt erschaffen, in die sich viele Hunderte junge Leser regelmäßig zurückziehen und alles um sich herum vergessen.

Es sind einige weitere Projekte geplant, so dass man auch in Zukunft noch viel von der jungen Autorin hören wird.

Tauchen auch sie ein in die faszinierende Bücherwelt.

"Diese junge Autorin schreibt mit ebenso viel Hemmungslosigkeit wie Konsequenz Liebesromane, ich wünsche ihr einen langen erzählerischen Atem für sprudelnde Phantasie und mitreißende Fantasy."
Vito von Eichborn
(Vorwort zur Sonderausgabe zu Werwölfen, Vampiren und den Töchtern des Mondes)

Jaliahs Interview mit BOD

Leserkommentare

„Jaliah schreibt leidenschaftlich und hingebungsvoll. Ich habe schon sehr viele Bücher gelesen, die ich richtig, richtig gut gefunden habe. Aber Jaliahs Story nehme ich ihr voll und ganz ab. Kaufe ihr das ab, was sie schreibt. Man hat bei der Lektüre das Gefühl, live dabei zu sein. Sich mitten im Geschehen zu befinden und man kann sich mit ihren Charakteren identifizieren. Man fiebert mit, will wissen wie es weiter geht und der „Süchtigkeitsfaktor" ist auf jeden Fall vorhanden! ;) Ich kann jedem der eine Reise nach Puerto Rico mit dem Kopf machen möchte, in eine neue Welt eintauchen will, den Zusammenhalt der Gangs und deren Familien spüren, das Buch weiter empfehlen!"

Hope
"Hope/Amal, die Geschichte zwischen einem christlichen Mädchen und einem arabischen Prinzen, war unglaublich mitreißend.
Die Persönlichkeit und das Handeln von Farhan (dem arabischen Prinzen) war mir völlig neu und extrem erfrischend.
Auch die liebenswerte Einführung in die Welt des Islam hat mich berührt.

Jaliah hat die Verbindung zwischen zwei Religionen in Form dieses Buches sehr schön dargestellt!!

Die Geschichte ist mitreißend!
Zusammengefasst: Ein tolles Buch mit einer zauberhaften Liebesgeschichte die es sich zu 100% zu lesen lohnt!"

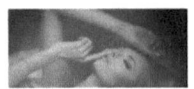

www.jaliahj.de